中国现代

作家印象记

王富仁 ——

著

东方出版中心有限公司

图书在版编目（CIP）数据

中国现代作家印象记 / 王富仁著. －上海：东方出版中心, 2022.3
ISBN 978-7-5473-1939-0

Ⅰ.①中… Ⅱ.①王… Ⅲ.①散文集－中国－当代 Ⅳ.①I267

中国版本图书馆CIP数据核字（2021）第264756号

中国现代作家印象记

著　　者　王富仁
责任编辑　陈明晓
封面设计　东合社·安宁
封面插图　黄新波《穿云破浪》

出版发行　东方出版中心
地　　址　上海市仙霞路345号
邮政编码　200336
电　　话　021-62417400
印 刷 者　上海万卷印刷股份有限公司

开　　本　890mm×1240mm 1/32
印　　张　8.25
字　　数　143千字
版　　次　2022年4月第1版
印　　次　2022年4月第1次印刷
定　　价　39.00元

目　录

附录

中国现代文化的母亲

——蔡元培印象

儿子长大成人，各立其业。于是社会上的人都与儿子们打交道，记着他们的名字，遂淡忘了他们的母亲。

我们记着陈独秀、胡适、李大钊、鲁迅乃至刘半农、钱玄同，但蔡元培却不被现代文学界的人们所注重，中青年学者似乎不太注意他。

这似乎也符合事物发展的规律：母亲把儿子送上社会，把社会交给儿子，遂完成了自己的历史使命，隐入历史的深暗处。

但我们仍然要说：蔡元培——中国现代文化的母亲。

蔡元培是联系中国旧文化与中国新文化的脐带，是联系辛亥革命与五四新文化运动的桥梁。他是中国旧文化的女儿而嫁给了中国新文化；他在辛亥革命中长大成人，创家立业，而生育了"五四"一代新文化的奠基者——陈独秀、胡适、李大钊、鲁迅、刘半农、钱玄同、沈尹默。

蔡元培是清末举人、进士，点翰林庶吉士、授翰林院编修，是中国旧文化生的最小的一个女儿，但他后来却嫁给了西方文化，提倡西学，留学德国。他在辛亥革命中创家立业，获得了自己的社会地位和学术地位。他不像他的儿子们是在五四新文化运动中成家立业的。

蔡元培的伟大成就在于他不是一个不能生育的女人。有些人在社会上一旦有了一点小地位，便唯恐青年人起来占了他的位置，于是便站在社会的入口处，排斥一切新的，打击一切异己。他们成了没有生育能力的女人。在中国，这类女人太多太多，从而也便显示了蔡元培的伟大。

正因为出任了北京大学校长，陈独秀和他的《新青年》才被接收到北京大学，陈独秀出任了文科学长；鲁迅在他的主使下进了教育部并随部迁往北京；周作人来到北京大学与蔡元培也有直接关系，后来又来了一个留学美国的胡适。李大钊、钱玄同、刘半农、沈尹默都在北京大学任职。试想，如果蔡元培是反对新文化的守旧派，他们怎能掀起偌大的浪，推起偌大的波。蔡元培就像一只老母鸡，伸开自己的双翼，在自己的身下孵化了这些新文化的鸡雏。

他的兼容并包主义是他的母亲的哲学。一个母亲不会只允许一个儿子生存，他要给每一个儿子一个生存和发展的机会。有人认为他是中间派，代表中产阶级的思想，这是因为人们忘记了他是一个母亲，不是一个儿子。母亲如若不是一个"中间派"，首先牺牲的便是最小而又最调皮的孩子。

世界上有各种各样的人，因而也就有各种各样的哲学。有父亲，就有父亲的哲学，父亲的哲学是不能生育的哲学，父亲的哲学永远以自己为标准，排斥一切与自己不同的东西。母亲的哲学是能生育的哲学，它不以自己为标准，而从儿子的生存和发展的需要出发。父亲的哲学规范这个世界，母亲的哲学生育这个世界。儿子的哲学则既不规范这个世界，也不生育这个世界，而是寻找自己生存和发展的道路，使自己能自立于这个世界。

儿子大了，有的成了父亲，有的成了母亲，有的要自己规范这个世界，有的要生育新的一代。

母亲的悲剧在于：自己的儿子越伟大，便越是会遮住自己的身影，让人只看到儿子而不再看到自己；而自己的儿子越是渺小，自己在社会上越是处于显赫的地位。但这时她又会为自己儿子的渺小而伤心。

蔡元培的悲剧属于前者：他的儿子们太伟大了。他被遮在了历史的背后。

1992 年 11 月 29 日于北京师范大学中文系

历史不是精细的人创造的

——陈独秀印象

　　世界上分两类人：粗疏的人和精细的人。粗疏的人往往挂一漏万，没个精细的考虑，对自己能做什么与不能做什么预先没个准谱，往往是说干就干，成败得失到末后才想到算个总账，干成了也不知怎么干成的，干败了也不知总结总结教训，到下次还是呆愣愣地傻干。精细的人则不同了，他们对什么都盘算得很精细，大至机身机头，小至螺丝钉、螺丝帽，无微不至，设计不好是不去动手的。中国人大都崇拜这类精细的人，认为这类的人聪明而有智慧，一切大事业得由这类人去干。但岂不知历史并不是精细的人创造的，倒是那些粗疏的人，说干就干，虽然常常失败，但也往往成就千古不朽的大事业。精细的人倒是考虑成熟了，而事情早就被粗疏的人干成了。只剩下一些小的细节让精细的人去添补、去修正、去装饰。

　　陈独秀就是这样一个粗疏的人。

　　当陈独秀 1915 年创办《青年杂志》撰写他的发刊词《敬

告青年》的时候，大概他并不知道他在干一件惊天动地、扭转乾坤的大事业，也不知道他将一手扭转中国文化的发展方向，当他在发刊词中提出"自主的而非奴隶的""进步的而非保守的""进取的而非退隐的""世界的而非锁国的""实利的而非虚文的""科学的而非想象的"六大原则的时候，恐怕他自己也不知道它们到底意味着什么，不知道在这些原则里到底将产生出些什么样的历史现象来。他始终不是一个学问家，也不是一个文学家，但中国现代的"学问"和"文学"却都在他无意提出的口号中生出来。

待到陈独秀把文化革命和文学革命搞成了，我们这些新文化、新文学的后代子孙回头一望，又实在觉得对陈独秀没有更多要说的话。他的文章粗疏而不绵密，零碎而不完整，他没有系统的理论著述，也没有足以传世的文学作品。而在那时提出来的一些笼统原则，到现在几乎都成了老生常谈，没有什么好说的了。他似乎只会干那些定条条、提口号的事。除了《敬告青年》中的六点希望之外，还有《今日之教育方针》中的四个主义（现实主义、惟民主义、职业主义、兽性主义），《东西民族根本思想之差异》中的三大差异（西洋民族以战争为本位、东洋民族以安息为本位，西洋民族以个人为本位、东洋民族以家族为本位，西洋民族以法治为本位以实利为本位、东洋民族以感情为本位以虚文为本位），《一九一六年》中的三个要求（自居征服地位勿自居被征服地位、尊重个人独立自主之人格勿为他人之附属品、从事国民运动勿囿于党派运动），

《吾人最后之觉悟》中的三大觉悟（学术的觉悟、政治的觉悟、伦理的觉悟以及伦理的觉悟为最后觉悟之最后觉悟），《我之爱国主义》中的六德（勤、俭、廉、洁、诚、信），《文学革命论》中的"三大主义"（推倒雕琢的阿谀的贵族文学建设平易的抒情的国民文学，推倒陈腐的铺张的古典文学建设新鲜的立诚的写实文学，推倒迂晦的艰涩的山林文学建设明了的通俗的社会文学）等等，不一而足。学问家觉得他没学问，文学家觉得他没才华；慕新者觉得他还太旧，笃古者埋怨他亵渎了古圣先贤。但不论怎样埋怨他，我们又都不能不在他造成的新文化中讨生路。

历史是由粗疏的人创造的，但人类却永不会以粗疏教人，因为粗疏人的成功是以九十九次的失败换来的，精细的人虽无大的成功，但却无失败的危险。这是人类存在过程中永难克服的矛盾。

历史是由粗疏的人创造的，但历史的评判却是由精细的人做出的。这也是人类存在过程中永难克服的一个矛盾。

1992 年 11 月 29 日于北京师范大学中文系

中国现代文化的骨骼

——鲁迅印象

关于鲁迅，可说的话很多，但我觉得有一句话最重要：他是中国现代文化的骨骼。

一种文化也像一个人的肌体一样，需要肌肉，也需要骨骼。没有骨骼，肉越多，越撑不起它的全部架构，是一堆死的东西。中国现代许多作家都给中国现代文化添了肉，但撑起它的骨架的却几乎只有鲁迅一人。

胡适的文章是温和委婉的，从来不急不躁，重于说理，条理清晰；陈独秀的文章是激切决绝的，丁是丁，卯是卯，从不含混苟且；钱玄同的文章是热情洋溢的，汪洋恣肆，一泻如注……但不论他们的文章的个人风格如何，都还给人一种底气不足之感，若与鲁迅的文章比较一下，这种感觉便愈加明显。这只从文章的技巧上是讲不通的。我的解释是：胡适、陈独秀等人对中国新文化重视的还主要是它的"肉"，鲁迅则更重视它的"骨"。鲁迅好说一句话：骨子里还是依旧的。

什么是新文化的"肉"？就是那些有形的东西，那些说得清道得明的东西。中国现代知识分子从科举制度中走出来，开始学习西洋的学问。这些学问都是新鲜的，对中国现代社会的发展也蛮有用处，两相对照，他们就看出中国古代的那套制度、那些学问、那些伦理道德的信条的弊病来。于是他们便开始提倡西学，什么科学民主了，什么进化论人性论了，什么婚姻自由妇女解放了，什么这种主义那种主义了。但所有这些，还只是西洋文化发展的结果，是些"肉"。而这些东西都是由人创造出来的，没有有特定精神的人，这些东西是无法创造出来的。鲁迅重视的则是这种精神的东西，这种赖以撑起整个现代文化肌体的"骨骼"。他要摸索中国人的灵魂，改造中国的国民性，始终把这种精神性的东西放在首位。

这种精神是什么？我相信读过鲁迅作品的人都能感到，要说可就太难了。说出来的东西都能变成肉，变成人人可以自我标榜的东西。但这里有个标志，即只有肉而无骨则难以将一种文化充分展开。我们看到，只有到了鲁迅作品里，不论对旧文化的批判，还是对新文化的论述才得到了充分的展开。而在陈独秀、胡适的作品里，他们还都是一些可以背诵和记忆的理论和信条。鲁迅的小说、鲁迅的杂文、鲁迅的散文诗集《野草》都包含着比陈独秀、胡适文章中所倡导的东西更丰富、更具体的内涵，它们是一些活生生的东西，而不仅仅是一些教条，一些口号，一些做学问的方法。

一切的东西，到了鲁迅的眼睛里都呈现出了独特的风貌，与原来中国人的感受和看法不同或不完全相同了。这就是新文化的精神的体现。如若一切的感受和看法还与原来的相同，新文化又"新"在哪里呢？

时至今日，新文化的"肉"大都齐备，不论是科学和民主，不论是婚姻自主和个性解放，都成了人们的老生常谈。但这些"肉"怎样呢？事实证明，口号和旗帜是极易更换的，但精神实质的变化却困难得多。鲁迅的重要性便愈加显示出来了。

肉少些，不过消瘦一点，增加点营养，胖起来是很容易的。骨骼是软的，人便会瘫痪，要使它硬起来，是很难很难的。

1992 年 11 月 30 日于北京师范大学中文系

一个反对做奴隶的人如何自己也变成了奴隶

——周作人印象

　　想到周作人，便想到在青蛙和蛇之间发生的故事。一个青蛙如果没有发现身旁有一条蛇蹲伏着，它很容易蹦蹦跳跳地躲开一场杀身之祸，而一旦看到一条可怕的蛇正在伸着舌头直视着它，它便再也摆脱不掉蛇的可怕的形象了。它努力跳开去，但却由于意识中心在蛇的方向，故而反倒跳到蛇口中去了。

　　趋利避害是人类认识世界和社会的总目的，但这种认识还需要有另一种东西做基础：胆量和意志。如果缺乏胆量和意志，便会发生青蛙在蛇面前的悲剧，不自觉地向着自己所反对的东西靠拢并有可能完全被它所吞噬，倒是对利害毫无意识的人反倒能较少地受其所害。

　　在五四新文化运动中，周作人和鲁迅同属于思想深刻老辣且沉稳圆熟的思想家。陈独秀有一种思想领袖应有的果决和勇毅，胡适有一种学院派大家的雅量和从容，钱玄同、刘半农则有一种文化闯将的勇敢和鲁莽，但他们在对中国社会和中国人的认识上，都不及鲁迅和周作人来得深刻和明晰。胡适、钱玄同、刘半农的意识中心更偏于白话文的提倡上，在白话文运动中他们贡献最大；陈独秀、李大钊、鲁迅、周作人的意识中心更偏于思想革命，在反封建思想革命运动中贡献最大。这四人都反对传统的奴隶道德，提倡个性解放，但陈独秀、李大钊更注重个人的主观选择，似乎只要中国青年不再想当奴隶便不会再成为奴隶，因而他们提倡多过解剖，宣传多过认识。鲁迅、周作人则更注重整个文化系统的解剖，认为整个文化系统不改变，青年们不想做奴隶最终还是得做奴隶，因为它容不得不做奴隶的人存在于该系统之中。

若说鲁迅和周作人在五四新文化运动当时的作用，似乎也是难分轩轾的。鲁迅是显示文学革命实绩的最重要的人物，作为一个现代小说的奠基者，鲁迅似乎占有一个更独特的地位，但周作人则是"新青年"群体中最重要的一个文艺理论家，他的文艺思想和美学思想对中国现代文艺理论和美学思想同样有着奠基的意义。在散文上，鲁迅开创了现代杂文的一派，周作人则代表了现代小品散文的一派，世称周氏弟兄，有并驾齐驱之概。但鲁迅和周作人后来的发展却趋于两途，原因很多，但要我说，最重要的原因则在于，鲁迅在两眼直视着中国传统的奴隶道德及其无所不在的强大影响时，他有着更大的胆量和意志，故而他不易被他所反对的东西吸引过去，周作人则不同，他看得太清而又缺乏一定的胆量和意志，渐渐，他便撑不住劲了。一松劲，便被奴隶道德的血盆大口吞了下去。

在我们平常人看来，鲁迅这人有点傲气，有点怪僻，不易和人和气相处。但恰恰因为这一点，他得罪了很多人也赢得了很多人的尊敬。他对中国社会中奴隶道德的影响看得太清，所以不论是正面的敌人还是同一战壕里的战友；不论是出于恶意还是出于所谓好心，都有可能触到他的"逆鳞"，只要你像使唤奴隶那样使唤他，他是不干的。就是你是皇帝老子，他也不买你的账。他认为必干的事你不央求他他也会去干，他不要干的事刀压在脖子上他也不会去干。他不想得罪什么人，但也不怕得罪什么人，即使老朋友，你也得尊重他最起码的做人的权利。周作人则少的就是这么一点做人的胆量和意志。他不想做奴隶，但又有点怕得罪人，故而总是迁迁就就。在五四新文化高潮中，他也激烈过一阵子（与他自己比），自称为"叛徒"，但后来便当起了"隐士"来了。他倒并非情愿当"隐士"，说到底还是怕当别人的奴隶，怕在奴隶道德流行的中国社会上失去了自己的独立人格。但这一"怕"，可也就怕出了毛病。不敢到人群中来坚持自己的个性，这个个性其孱弱也就可知了。避开矛盾，避开别人的锋芒，好像比鲁迅还独立，但鲁迅的独立是争出来的，拼出来的，他的独立却是怕出来的，迁就出来的。

要说周作人也够倒霉的，若天下太平，安安稳稳地维持到他死，他原本是比鲁迅更会招中国人的喜欢的。当权者觉得他还老实，老百姓又觉得他能说公道话；学者觉得他有学问，文学家觉得他有才情；左派觉得他还不太右，右派也觉得他不算太左。而像鲁迅这类人，无权无势时觉得还是他肯仗义执言，略有一点小地位就会感到他太碍事。日本人打进来了，他的家又偏偏在北京，他又偏偏有一个日本老婆，他又偏偏是个日本通、一个惹眼的大文豪，日本人需要这类的人为他们做招牌，网罗中国文人，笼络中国人心。按其本意，周作人也是不愿为日本人效命的，但他迁就惯了。在中国人中能迁迁就就，在外国人面前也难一下子硬朗起来。生活所迫，寄人篱下，在中国人中也是当奴隶，在日本人这里也是当奴隶，干就干吧！1939年元旦，又有两个刺客撞到他家里，朝他开了一枪，打伤了几个人，没有办法，只好俯首就范。此后在日本人的治下便成了一个高级奴隶，出任了伪南京国民政府委员、伪华北政务委员会常务委员兼教育总署督办、东亚文化协会会长等职。这一脚踩下去，越踩越深，别说他不想拔，想拔也拔不出来了。

中国人有时心肠很硬，评人太苛，有时又心肠太软，评人太宽。在20世纪五六十年代，周作人一有文章发表，大抵便有批判文章出现，似乎他谈谈鲁迅作品中的人物，回忆回忆往事，也是别有用心似的。其实他为自己的附敌已经坐了三年监，正像一个小偷偷了东西，服了刑，便可以做一个普通公民了，这时只要不再去偷，便要给他享受普通公民的权利的机会。论学问，论文章，我们都不如他，让他多发挥点作用没有什么不好的。他的作品当时也不敢出了，似乎从五四时期到 20 世纪 30 年代周作人的作品都是劝人做汉奸似的。我们反对的是周作人做过侵略者的奴隶的行为，而不是他发表的反对做奴隶的言论。二者得有个界限。但在最近，似乎我们的心肠又软了下来，对周作人的惋惜之情越来越多。将心比心，觉得周作人也是没法儿的事。国都亡了，他一个文弱文人又有什么办法，人总得活下去，再说他任伪职后也没干过杀人放火的事情。进一步想，让他任伪职，总比让胡传魁一类人去干要好，至少他还能姑息点中国的文化与文物，保存一些文化设施。说来似乎也蛮有道理，但我们一定要记住一点：只要世界上还有民族的区别和对立，一个民族是不能没有起码的民族意识的。在和平共处的年代，一个民族的成员可以到别国谋职，甚至可以自由地选择国籍，这是他的个人的自由权利，并且并不危害民族其他成员的利益。但却不能容许在别的民族以武装侵略的方式来消灭这个民族的独立主权时它的成员去直接投靠侵略者，从事具有明确的政治意义的工作，这实际危害了全民族的利益，增加了本民族成员反侵略斗争的艰苦性。从做人的道德而言，在这时，他并非是在自由的条件下的个人选择，而是以侵略者的强权侵略为前提的，是一种奴隶性的服从。总之，不论周作人从个人角度讲如何值得同情，这个道德的界限一个民族的成员是不能模糊的，除非到了世界大同的那一天，但那时也更不能承认对强权的奴隶性服从。不坚持这个最基本的界限，在民族危亡的关头，是任何人都会找到投降变节的理由的，又能保命，又能全名，何乐而不为呢？

但在我们批判了周作人之后也应记住：要让中国人在异族侵略者面前不做奴隶，首先我们不要自己把自己人视为奴隶。否则，他在本民族生活中就顺从惯了，迁就惯了，待到异族入侵者来了，也难以保证他不在他们面前也迁就，也顺从。到那时，任你怎样谴责，怎样讨伐，也不起作用了，因为权力已掌握在了异族入侵者手里。在古希腊奴隶制时代，人们是不认为奴隶有保卫本民族的义务的，因为他同时也不享有本民族成员应有的权利。贵族和平民享有这个民族成员的权利，因而也有保卫它的义务。中国从春秋以来便不再有明确的奴隶和平民的划分，但同时也弄不清权利和义务之间的这种内在关系。爱国主义产生的现实基础何在？就在于他在本民族中享有在其他民族中享受不到的更多的权利。他要保卫自己的这些权利，就必须保卫自己的民族不受外民族的侵略。没有这种现实基础，真正的爱国主义是很难树立起来的。

有了周作人的教训，我认为还应注意这一点，任什么思想和认识都还是需要一点胆量和意志做保证的，否则，我们人类也会当青蛙，跳到蛇口里去。

1993 年元月 29 日于北京师范大学中文系

五四新文化运动的扩音器

——钱玄同印象

五四新文化运动开始之后，首先出面反对的是著名翻译家、桐城派古文大家林纾老先生。他在 1919 年写了一篇文言小说《荆生》，说是有三个狂悖少年，一为皖人田其美，一为新从美洲归国、能哲学的狄莫，一为浙人金心异。三人在京师陶然亭胡说八道，攻击中国的伦纪纲常，叫"伟丈夫"荆生听见，狠狠地揍了一顿，教训了一番。这里的田其美指的就是陈独秀，狄莫批的是胡适，而金心异则是钱玄同。可见钱玄同在当时影响之大，在林纾老先生眼里，他是被视为新文化运动的第三号人物的。

陈独秀是五四新文化运动的首倡者和组织者，胡适是第一个提倡白话文的人。他们之受世人的重视是理所当然的。那么，钱玄同为什么也受到世人的如此青睐呢？

大凡一个社会运动，正像一次文艺演出，是少数人向有着相当距离的观众的表演，它的声音绝不能像平常谈话一样大小。只有将其声音在原来基础上扩大，才能够引起广大公众的注意，实现自己的社会目的。钱玄同在五四新文化运动中起的作用，便是这样一个扩音器的作用。他把五四新文化运动的声音提高了整整八度，从而扩大了它的影响。

胡适提倡白话文，要以白话代文言，人们并不以为然，认为是过激之论，是对中国数千年优秀文化和它的优美的语言形式的否定。但钱玄同跳了出来，说仅仅以白话代文言还不行，自来的中国汉字，都是宣扬孔学的三纲五伦的奴隶道德和道教妖言的，根本不能发挥新时代之学理事物。所以，要使中国不亡，必须尽废汉字，改用西洋文字。钱玄同此说一出，倒使胡适的以白话代文言成了折中之论。直至现在，钱玄同的说法虽未被采用，但现代白话文却在中国社会上站稳了脚跟。鲁迅后来说，中国多数人不主动求变，要是有人说要开个窗户，大家是不干的，但待到有人跳出来要扒房子，为了不扒掉房子，才允许开个窗户。在五四时期，钱玄同就是要扒房子的。

中国人是爱面子的，所以面子问题在中国的历次革新中起到很大的作用。革新者要是对固有的传统给以历史的评价，既指出它的缺点，又指出它在历史上起的作用，亦即还使它在社会上有一定体面，人们是不会放弃它的。待到有人出来把旧的传统臭骂一通，说得一无是处、一文不值，使它在社会上丢尽了面子，人们这才不愿把自己同它搅和在一起，因为那样自己也就失了体面。五四新文化运动也明显地具有这种特点。守旧者为了反对任何变革，把中国传统文化吹捧得昏天黑地。什么地大物博、人口众多了，什么中国精神文明冠于全球了，而对于中国的贫穷、落后、受帝国主义欺负的原因全然不提，一味以自我吹捧掩盖自己的失败。这使得五四新文化的倡导者不得不着重从中国贫穷落后的现实原因的角度解剖中国传统文化。一般说来，这种整体的把握方式并不意味着对一家一派的历史作用的否定（例如我们说中国古代是封建社会，并非说屈原、杜甫、李白、关汉卿、曹雪芹的作品是毫无价值的）。但钱玄同则不但一般地讲中国传统封建文化的劣迹，还把矛头对准当时最受中国文人崇拜的《文选》和桐城派古文，说它们是"桐城谬种""选学妖孽"，是些文妖们搞出来的。同陈独秀说的"十八妖魔"（明之前后七子及八家文派之归方刘姚）同为抨击正统古文最激烈的言论。在现在看来，未免失之偏激，但在当时的文化革新运动中，对动摇社会对它们的盲目崇拜心理，是起了不小的推动作用的。

　　钱玄同的文风，是一种历史的需要，但也是一种性格的表现。这类性格，只有在和一种符合历史的潮流相结合，在革新倾向尚未被社会公众认识的时候，才显得特别可爱。一旦这种倾向已经被社会群众所接受，这种扩音器就有弊无利了。就其对社会公众的要求来说，人们对这类性格之人的话，只能从其倾向性中来理解，有很多话是不能落实的，因为他们自己说这些话时也未必那么认真。在五四时期，是讲进化论的，认为老年人一般趋于保守，只有青年才易于接受新事物，青年胜于老年。这话到了钱玄同嘴里，可就变了味道。他说：人过四十，就得枪毙。后来，钱玄同在政治上又趋于保守。北京大学要开唯物辩证法课，他不是冷静陈述自己反对开辩证法课的理由，而仍用他用惯的语言形式声言："头可断，辩证法不可开课。"于是鲁迅写诗讽刺他说：

作法不自毙，悠然过四十。

何妨赌肥头，抵当辩证法。

《教授杂咏（其一）》

1993 年元月 21 日于北京师范大学中文系

研究中国马克思主义的文化观首先要从李大钊开始

——李大钊印象

1928 年，创造社和太阳社大力提倡革命文学，实际是提倡用马克思主义理论解释与理解文艺问题。但那年头，是人人争先进、争权威的年头。革命文学提倡了没有多久，两家便因发明权的问题打起了笔墨官司，都说革命文学是自己先提出来的。后来人讲马克思主义文艺，也大抵从那时算起。实际上，用马克思主义理论讲文化文艺的问题，既不自创造社始，也不自太阳社始，而是从李大钊就开始了。

我在这里重提李大钊，并不想替他争个优先权。其实，马克思并没有把他的"主义"的专利卖给中国的任何人，先来后到又有什么关系？我之所以让人重新注重一下李大钊，实在因为他代表了马克思主义在中国传播的一个不可缺少的重要阶段。不讲李大钊，有好多问题都弄不大明白了。

李大钊是第一个在中国提倡马克思主义的人。但他那个时候，正在五四新文化运动的高潮之中，李大钊自己便是《新青年》的编者之一，是反对旧道德、提倡新道德，反对旧文学、提倡新文学的闯将之一。他把马克思主义拿来，首先解决的便是中国社会文化革命的问题。马克思主义者会如何看待中国社会道德的变革，如何看待中国文化的现代化，如何看待东西方文化的区别，如何看待文学艺术的革新？在李大钊的文章里反而说得比后来的人明白些。后来的中国的马克思主义者，讲的多是中国的政治革命了，随之又夺取了全国的政权，政治革命中形成的一套理论遂作为马克思主义理论的全部被肯定下来，对道德问题、对文化问题、对文学艺术问题都按政治的需要来讲。

但是，需要是一回事，它自身将如何演变和发展又是一回事；需要是暂时的，它自身如何演变和发展则是在更长远的历史发展上起作用的。从 20 世纪 20 年代末的创造社、太阳社开始便讲革命"需要"什么样的文艺？政治"需要"什么样的道德？无产阶级"需要"什么样的文化？鲁迅讲不要老是想拔着自己的头发离开地球，得首先看脚底下，看我们能干什么，但他们听不进去，反认为鲁迅这个老头子怪唠叨的。这个"需要"讲到 20 世纪三四十年代，后来夺得了政权，原本应该静下心来想想我们的文化会怎么发展了，但还是主要讲需要，似乎以前没有实现了的"需要"，现在有了政权，都应该得以实现了。实不知，马克思主义不是讲人类需要什么的，是讲历史会怎样发展的，是讲是什么影响着历史发展的大趋势的。它叫人先得认识历史，然后才能影响历史。不论还有多少与马克思主义不同的历史观，但马克思主义的历史观有益于人类对自己的历史的认识则是毫无疑义的。当我们回到李大钊那里，情况就有了不同，他首先告诉人们的，是从马克思主义理论出发，如何解释中国近现代文化的发展和变化。他当时有一篇文章，叫《物质变动与道德变动》，讲中国的农业经济产生了怎样的道德观念，西方的商业经济产生了怎样的道德观念，中国近现代文化为什么发生了如此巨大的变化，五四新文化运动的各种文化主张的实质意义是什么？至少从我的观点看来，时隔四分之三世纪，仍能让人看出他的历史预见性。要说马克思主义的文化观，李大钊的这篇文章才真算得上是马克思主义的。

后来的马克思主义者，认为马克思主义是讲阶级斗争的，一定会反对言论上的自由，认为一讲自由就是资产阶级自由。实际上，李大钊在 20 世纪 20 年代就写有《危险思想与言论自由》一篇文章，他那时已是一个马克思主义者，但他指出，思想本身绝没有丝毫危险的性质，只有愚暗和虚伪是顶危险的。因为只要人们有了知识，有了自己思想的能力，就会自行修正错误、发现真理，倒是把某种思想隐蔽起来，容易引起人的误信。他还指出，禁止思想根本是不可能的，因为思想不是让它有就有、让它没有就没有的东西，一切外在的强制力量，都对内在的思想不起作用。不论何种思想，都只有通过彼此交流、互相讨论、自由争鸣才能发展完善、修正原来的错误，深化原来的正确认识。我认为，历史事实已经证明，李大钊这种认识是非常深刻的。胡风坐了多年监牢，他的思想变了没有呢？没有！因为这根本不是解决思想问题的办法。学术问题、文化问题、文艺问题、思想问题都只有在自由讨论中才能得到真正的解决。马克思主义者也要参加这种平等的讨论，才能使马克思主义发展壮大起来。

我们以李大钊的下列一段话作为全文的结尾：

> 思想是绝对的自由，是不能禁止的自由，禁止思想自由的，断断没有一点的效果。你要禁止他，他的力量便跟着你的禁止越发强大。你怎样禁止他、制抑他、绝灭他、摧残他，他便怎样生存、发展、传播、滋荣，因为思想的性质力量，本来如此。[①]

1993 年元月 20 日于北京师范大学中文系

[①] 李大钊《李大钊选集》，人民出版社 1959 年版，第 218 页。

中国现代文化的剪彩人

——胡适印象

　　要说起在中国现代文化史上的地位，谁也没有胡适高。中国现代文化是以白话文运动为标志的，全部现代文化都离不开白话文这个语言的载体，没有白话文的提倡，还谈什么现代小说、戏剧、诗歌和散文，还谈什么现代社会科学著作，还谈什么现代的报纸杂志、广播电视。文化离不开语言文字，人类的文化是从人类有了语言才开始的，中国现代文化是从文言文变白话文开始的。

　　理论上是这样说，但在感受上总觉得别扭。要从实际考虑，在新文化运动中胡适几乎什么也没有做。《新青年》是陈独秀办起来的，北京大学文学院的这帮子人是蔡元培当校长时聚集或物色来的，较之后来的周作人、鲁迅，胡适在新文学的建设中并没有做更多的贡献。他只是一个娃娃，当时还在美国留学，像开玩笑一样写了一篇《文学改良刍议》，新文化的开创之功便落在了他的头上。在中国人的观念中，功劳应记在那些费力大、收效也大的人身上，而胡适却似乎并未费力，也未冒险，便垂手捞了一个新文化开创者的桂冠。

这使我想到了剪彩人。一个建筑物的筹备和建筑都已由别人搞好了，万事俱备，剪彩人拿一把剪刀，把彩绸一剪，建筑物才正式宣告建成，于是这个建筑物的落成也就以剪彩人的这么一剪为标志了。

但胡适这个剪彩人到底不同于实际的剪彩人。实际的剪彩人是预先知道往哪里剪的，但胡适这类历史的剪彩人却不同。世上有千千万万的人都想一剪刀剪出个新的历史阶段来，但大都剪得不是地方，而胡适一剪刀便剪到了应当剪的地方，不论是偶然也好，必然也好，你得承认他的这个历史功绩。

这里还存在着一个历史观的问题。我们中国人在艰苦中过惯了，总觉得应当把功劳记在那些费力最大的人身上，轻而易举得来的东西不值得我们重视。但历史满不是这么一回事儿，它是以对历史影响的大小为准则的，费力大小不在它考虑的范围之内。要说费力，中国的老百姓一生辛辛苦苦，都比牛顿、爱迪生这类西方科学家费的力气大（但人们记着牛顿、爱迪生），而不会把每一个中国老百姓的名字都载入世界历史。

这样说来，不是太让人伤心了吗？我们辛辛苦苦一辈子，为的是什么呢？为的是我们现在的生存和发展，为的是我们现在的幸福与追求，为的不是青史留名。

人死了，还要什么"名"呢？

如此想来，我们给胡适一个相当的评价也就不是他沾了什么便宜了。事情是他做出来的，就记在他的名下，为的是我们认识历史，不是为了一个死去的胡适。

当然，胡适也做过很多费力的事情。他的《白话文学史》，他的《中国哲学史大纲》，他的中国小说考证，他的《尝试集》，他的《终身大事》，等等，等等。文学史家似乎更重视他的这些贡献，岂不知这些全部加起来也抵不上他的《文学改良刍议》一文的重要。假若胡适只有这些东西而没有《文学改良刍议》，他在现代文化史上的地位不会高得过俞平伯和朱自清这类学问家兼文学家。

胡适后来也起了很多不好的作用呀！但一个历史人物是不能折算的，他后来的不好的作用要以他的不好的作用来记录，不能从他提倡新文化运动的功绩中减出去。这正像一个学生做算术题，第一道题对了便得满分，第二道题错了便得零分，不能说第二道题做错了就说他第一道题做得也不对。中国人好算总账，算总账的办法不是历史研究的方法。

1992 年 11 月 29 日于北京师范大学中文系

俗人和雅人

——刘半农印象

有两个现代作家，一个是刘半农，一个是郁达夫。一想到他们，我便会感到一些莫名的悲哀。

在创造社作家中，郭沫若和郁达夫是对中国现代文学贡献最大的两个人，按说，二人的差别并不太大。但只要叩问一下你的内心深处就会知道，他二人的差别大极了。你会觉得你尽管也知道郭沫若的许多缺点，但你还是尊重他，觉得他了不起。而郁达夫呢，你就尊重不起来了。细想一想，也没有什么理由。不但在文学贡献上郁达夫并不小，就是在人品上，郁达夫为中国的抗日战争牺牲了自己的生命，也算得上是一个民族英雄。但你还是对他尊重不起来，总觉得很难把他的名字同"民族英雄"四个字联系起来似的。

刘半农也是这样。在《新青年》的同仁中，你最不易敬重起来的是刘半农。要是他后来当了汉奸，才不会有人替他惋惜哩！而周作人就不同。他当了汉奸，人人知道，但还是有人千方百计想为他开脱。开脱不掉，你心里的周作人仍然是分量很重的。要比起周作人来，刘半农可是以身殉职的，在现在是能上知识分子光荣榜的。他到当时的绥远热河一带考察方音民俗，染病回京，就一命呜呼了，死时才四十三岁。

当然，你对郁达夫、刘半农还是有些尊敬，但你尊敬的往往不是本来的那个郁达夫和刘半农。你尊敬的是写山水游记的那个郁达夫，写《迟桂花》的那个郁达夫，如若你知道他的旧体诗词写得棒极了，你就会更加尊敬他，但却不是写《沉沦》的那个郁达夫；你对刘半农，作为一个音韵学家还是尊敬的，但未必尊敬的是五四新文化运动的一员猛将的刘半农。其实对别的很多作家也有如此的表现。就说鲁迅，你尊敬的真是那个写了一生杂文的鲁迅吗？如若你不知道他读了很多古书和洋书，只知道他写了这么一些杂文，你还尊敬他吗？

但是，直接与我们有关系的又是哪个郁达夫、哪个刘半农呢？实际上，即使郁达夫不写旧体诗词、不写山水游记，我们中华民族也不会感到缺少点什么。我们有的是古典诗词，比郁达夫写得更好的多得是。即使他的山水游记，他不写，后人会有人写的，并且有些文字功夫，写到他那个程度并不困难。但他的《沉沦》就不同了。他不做，别人难说会抢着去做。他为《沉沦》付出的代价是巨大的，当时的讽刺、笑骂自不必说，就是对他的一生都有难以估量的影响。《沉沦》像个影子一样尾随着他的一生，使他再也难以成为在当时社会上德高望重的道德家和呼风唤雨的政治家。刘半农又何尝不如此呢？一个音韵学家的刘半农，自有他的学术价值，但这价值同我们的关系却绝不如五四新文化运动来得大。

这里的问题出在何处呢？就出在一个雅和俗的界限上。在我们中国知识分子的脑子里，这个雅俗的界限是更重于实际的贡献的。在西方，一个科学院院士和一个公司职员发明了同一种东西，所获得的肯定是一样的，他们看到的是发明的结果而不是发明者的身份。很可能那个公司职员更会受到尊敬，因为他克服了更多的困难。在中国则不同，同样一句话由不同的人说出来是不同的。你说不出他有什么贡献，但知道他很有"学问"，你就会尊敬他；你知道他有贡献，但却知道他没有太大"学问"，你仍然不会尊敬他。这个"学问"才是区分你尊敬他与否的最最重要的标准。

前几年在曲阜开了一个以"鲁迅与孔子"为题的学术讨论会。一位教授振振有词地说：鲁迅对孔子的评价是不对的，因为他读的书还太少。我与别人开玩笑说：鲁迅读的书再少，总比孔子多些吧！鲁迅因读的书太少所以他的观点不正确，孔子读的书更少其观点就更不正确了。读书最多的这位教授应该观点最正确但他又肯定读书最少观点最不正确的孔子，否定读书较多、观点较正确的鲁迅，其故何在呢？但说笑话归说笑话，我承认这位教授确是说出了我们每个人埋在心底深处的那个雅俗之分的。正是这种普遍存在的雅俗之分的价值标准，使中国知识分子大抵不愿干与实际社会有直接利害关系的事情，不愿研究与现实社会发展密切相关的课题，因为这是一些费力不讨好的事情，倒是那些不必冒很多风险、连自己也说不清与社会人生有何关系的"学问"，更得整个社会的普遍尊崇。

刘半农的一生，便在这俗雅之间徘徊着。

在《新青年》群体中，刘半农是最"俗"的一个。他的出身也最为低贱，不是官宦世家，也不是书香门第，父亲是一个地方的教师（大概有类于现在的小学教师吧）。他中学没毕业便当了小学教员，后来投奔革命军，在军队中担任文书。再后来便与二弟刘天华跑到上海谋生。初到上海，贫寒得像两个流浪汉，有时弟兄二人只有一身棉袍，冬天只能轮流出门。他靠卖文为生，成了一个鸳鸯蝴蝶派的小作家，后因投稿于《新青年》，与陈独秀有了联系，进了北京大学，参加了五四新文化运动。他的这种独特的人生经历，不必像"文化大革命"中宣扬"越穷越光荣"那样以贫贱骄人，可也不必以贫贱自卑。在读书留洋中形成的思想是思想，从社会中挣扎求生存形成的思想也是思想，只要借助于人类的文化成果充分挖掘自己的潜力并有助于社会人生，不同的人生道路自有不同的价值。在复杂的人生挣扎中一个人很难不沾染一点庸俗的、不尽如人意的习性和脾气，像刘半农作为一个鸳蝴派作家所遗留的一些思想情趣一样，但这类在实际人生中走过来的人也更少了知识分子的书卷气。鲁迅说他活泼、勇敢、直率，也正是《新青年》群体中其他人所较少具有的。彼此配合作战，有唱黑脸的，有唱红脸的，这台戏才唱得有声有色，正不必分唱黑脸的高贵还是唱红脸的高贵，因为唱的是同一台戏，什么角色都不可少的。

但是，五四新文化运动的倡导者也是生活在中国社会上的，刘半农也是不能不受中国雅俗观念的影响的。不但《新青年》同仁中一些人有点瞧不起这个从中学肄业跑来的俗人，就是刘半农自己大概在一大群名流学者的中间也有些自惭形秽吧！他得把自己搞得雅起来，于是到伦敦、巴黎苦读了几年书，弄了个法国国家文学博士的头衔回来。这下，认为他"俗"的人可就大大减少了。

按理说，由俗趋雅是人类的常情，知识多更是一件好事。但在中国这雅俗分明的社会里，可也不尽然。"雅"得有点"雅"的样子。在西方，越是"雅"人，越是知识多的人，越得更多地为人类的生存和发展找出路。可在中国，越是与现实人生贴近的问题越显得"俗"，当自感其雅的时候，就自觉不自觉地不屑于管这些事儿了，反而与社会越离越远了。

在中国，"雅"与"俗"实际是和师与徒的关系密切相关的。孔子就是至圣先师，是管教训人的；俗人则是无文化教养的人，是被教训的对象，但他们也能提出问题，甚至说错了也不算丢面子。一个人是不是自感其雅，有一个最基本的方式，即看他说话和写文章主要是为了表达自己的意见、与人交流呢，还是主要为了教导别人。前者把说话写文章的对象视为与自己平等的人，后者则把对象视为自己教育的对象，视为自己的学生。前者因是代表自己说话，所以不怕说错，自己怎么想便怎么说。后者则要拣有确定结论的话说，不能叫人说他说错了的。后来刘半农写诗讽刺大学考生试卷中的错别字，鲁迅大不以为然，就因为鲁迅感到刘半农有些以雅人自居了。

其实，雅俗是都没有什么的，谁能保证自己就一定从官宦家庭、书香门第里钻出来，并一生都在雅致的文化环境中生活。不这样，身上有点俗就是不可避免的。但不论雅俗，只要与自己从事的社会事业无关，大可不必过问的。令人悲哀的倒是像刘半农这样从俗世中走出来，并因其俗而干了一番了不起的社会大事业的人，仍然有些自惭形秽，非要雅起来不行。而雅又雅得有些勉强，仍被真正的雅人所小觑。

1993 年元月 23 日于北京师范大学中文系

他一生都是一个青年

——郭沫若印象

有的人一生都是一个老年人，有的人一生都是一个中年人，有的人一生都是一个青年。

这与他童年所接受的文化观念有关，也与他后来的经历有否根本改变他的固有的文化观念有关。

有的人从小就爱说大人话，老成持重得像个小老头儿，并且终其一生都暮气沉沉，连笑都没有痛痛快快地笑过一次。这是因为他在开始接受教育时，就是依照老年的标准被塑造的。这种人最轻视幼稚的人，看不起好动感情的青年，总是为中年人的冒险行为捏着一大把汗，而他们自己，虽然对每个人都能说出一大堆教训的话，可从来没有痛痛快快地做过一件事，直截了当地说过一席话。好像他们生来就是为教训别人而存在的。

而郭沫若，却一生都是一个青年。

在这里，"青年"不是一个褒义词，也不是一个贬义词，而是一种精神品貌的代称。青年有青年的优点，也有它的缺点，并且二者往往是一回事儿。

青年人有自我崇拜的倾向，但也容易崇拜别人。因自我崇拜而富有理想，充满雄心壮志，大胆进取，乐观向上，因崇拜别人则情愿放弃自我、服从别人的意志。像郭沫若这样富有理想、充满自信的中国青年，即使在"五四"之后也是极为少见的。他的《天狗》是最能体现他的自我意识的诗。这只天狗吞日吞月，整个宇宙都能吞下，可见郭沫若是何等的自信。世界上没有自我不能办到的事情。正是这种精神，使青年人不畏艰险，勇于进取。

郭沫若的一生，几乎在他能插足的领域都曾经闯荡过，并且在所有这些领域里都有建树。他是一个诗人，在新诗的发展上具有举足轻重的地位；他是一个文艺理论家，在各个历史时期都有文艺论文发表，且观点屡有变迁；他是一个小说家、散文家，虽说成就不是很大，但也有自己的独立特色和社会影响；在历史剧的创作方面，他是现当代文学史上数量最多、影响最大的一人；在日本，他啃了十年干涩的甲骨文，在考古学上有其独立的贡献；他是著名的历史学家，在中国历史研究中独树一帜；他的《十批判书》在中国古代思想史的研究上广有影响，是把马克思主义阶级论用于中国思想史研究的一部专著；他是著名的翻译家，所译作品涉及世界许多国家的文学或学术，外译中，古译今，数量丰盛；在中外古今的文学研究上他也不曾示弱，从先秦到明清，从西方到东方，几乎没有他不曾染指的地方；他是一个书法家，在中国，几乎处处都可看到他的浓墨重笔、挥洒自如的墨迹。最后，你还不能忘了，他是一个革命家、政治家，参加过北伐和八一南昌起义，1949年以后更是官衔众多，难以尽举……要想知道一个人的生命力可以充沛到什么程度，在中国作家中看看郭沫若就行了。

但郭沫若也很容易崇拜别人，英雄崇拜、天才崇拜几乎是他一生的不自觉的倾向。在前期，他崇拜的是古人、洋人，并且绝大多数都已经进了坟墓，对他的实际束缚看不大出来了。但到晚年，毛泽东、周恩来这些活着的革命家、政治家成了他崇拜的对象，情况就有些不同了。他的崇拜，并不是没有理由的。他也干过革命，想做一个革命家；干过政治，想当一个政治家，但终其一生在这方面的活动很多，成效难言。毛泽东、周恩来这些领袖人物则不同了。他们把如此强大的国民党政权弄垮了，郭沫若知道这可不像他写篇小说、作首白话诗那么容易。敬和畏又是一对孪生兄弟，在他们面前，郭沫若是甘拜下风的。

青年人是情感性的。由于感情丰富，所以想象力强，思想敏感，富有创造力，但也正因为青年人的情感胜于理智，所以有些不靠理智办不成的事儿青年人容易弄砸。对于青年人，这个世界有些"妈妈的"，难以理喻。有时不知怎的，像天雨粟、树落钱般一切好事儿都纷纷往自己头上落，乃至自己认真起来，反而什么都抓不住了。其原因概在他们的情感和热情往往模糊了很多细枝末节。有时候细枝末节对于事情起不了什么作用，有时候却恰恰是这些细枝末节会起关键性的作用。人生是偶一踏在机关上，大门轰然洞开，但要自己有意识地去找，青年人的热情所模糊了的东西便会影响你整体的分析了。

在对人方面，青年人往往明于知己，暗于知人，以为世界上的人都像自己一样感受和看待这个世界。但事实却并非如此。每个人在这个世界上都像瞎子摸象一样，摸到的是一个部分，获得的是部分的合理性，连你自己都是如此。青年人在做自我表现时，由于真诚，由于敏感，由于顾虑少负担轻，由于获得的多是现时代最新的信息资料，即使是他的错觉也有极宝贵的价值，且常发别人所未发，但当为人决疑或判断别人时，往往以己度人，难于周全，会弄出许多驴唇不对马嘴的事情。青年人的情感是即时性的，一时一变，跟着感觉走，所以你不能太把他的话当真。今天他这样说，但到了明天，他的情绪变化了，对事物的感受又变了，说的话就不同了。你的行动是跟不上他的情绪变化的。最好的办法是你把握住他情感变化的线索，预先知道他在什么情况下会发生何种变化，才不至于搞得你晕头转向。

郭沫若就是典型的这么一个情感型的人。他的《女神》的成功，不是他预先设计出来的，完全是因为他听凭激情的撞击。这一撞，可就把他撞进了艺术的殿堂，并且把他抬到了成功的顶巅。后来他认真起来了，反而把自己的诗情"认真"丢了。"郭老郭老，诗多好的少"，这是他自己说的，应该说是符合他的创作实际的。在早期，他讲自我表现，好像处处言从意顺，即使你很难同意的一些观点，也难以否认它的历史价值。但到 1928 年，他忽然管起别人的事儿来了，连鲁迅这样沉着老辣的思想家的事，他也要管一管，评论一番，结果是拿着刚学来的马克思主义名词乱扣瞎安，让人哭笑不得。

人们或许认为，郭沫若一生学术著作宏富，成就卓著，且在命运多舛的中国现当代史上，独能青云直上、一路顺风、位高名重、多福多寿，说他情盛理亏似乎有些欠当。我不这样看。郭沫若的学术天才也不是他理性思维绵密的结果。他的知识渊博，想象力又极为丰富，他的成功更得力于他的东方人的所谓悟性，一旦一种新的联系建立起来，新的观念便产生了。而他是很善于也敢于建立种种新的联想的。但他靠的不是严密的逻辑推理，因而一旦悟性失灵，他又是极易犯连常人也不会犯的错误的。他的《李白与杜甫》出版之后，我买了一本来看，读后简直令我瞠目结舌，不知郭老何以搞出这么一些不可思议的名堂来。我倒不是反对他的扬李抑杜，而是他赖以贬低杜甫的理由竟是如此的牵强附会。实际上，就是他的《奴隶制时代》《十批判书》这些著名的学术著作，也不以论述的绵密见称。

至于在为人处世上，郭沫若也更得益于直率热情。实际他是没有很深城府的人，不会搞阴谋诡计。他的名声很大，只干事，不要权，人人都不必提防他，所以他的处境比别人都好些，而这大概也是青年人在世上的沾光之处。成年人、老年人彼此争权夺利，只要青年人不惹太大的事，他们反倒都会保护他。所以对他的顺利，我们也不必有太多的嫉视和不平。

对于郭沫若，最怕的是当圣人对待。一把他抬到圣人的位置上，他可被挑剔的地方，就太多了，而只要认识到他终其一生都只是一个青年，你反会感到他的可爱之处是很多的。

1993 年 2 月 27 日于北京师范大学

宗教与人生

——许地山印象

中国不是一个宗教的国家，汉民族没有统一的宗教信仰。但由于外来文化的影响，宗教在中国也不是毫无影响。

东汉初年，佛教便传入了中国，虽然它屡受排挤，但绵延蝉联，并未绝迹。自明代，又有西方基督教的传入，至晚清，在中国也有明显的发展。天主教堂虽远不及佛寺道观之普遍，但也零零落落，分布在全国各地。

从南北两方而言，北方是汉文化的发源地，外来宗教的势力要比南方小得多。在北方的文人学士中，儒家的伦理道德学说占绝对的统治地位，道家学说又占领了多数不得志知识分子的世界观。在普通老百姓当中，道教则有更大的势力。它满足的是人们的现世的物质欲望和追求，形而上的终极考虑是极少的。北方老百姓也常拜佛求菩萨，但多数仍像拜道教神仙一样，无非为了求个好命运，添个胖小子，或驱魔祛邪，可保佑自己全家人发财致富、长命百岁，岂不知释迦牟尼才不管你的这一套俗世欲望哩！当然，在中国的南方，与北方也没有实质的差别，但佛教和基督教的影响却比北方大得多。许地山便家住南方的福建，他把宗教的传统带进了中国新文学，从而也使他成了特立独行的一个小说家、散文家和学问家。

中国新文学与宗教的关系并不自许地山始。实际上，鲁迅便颇受西方基督教和中国古代佛教思想的影响。在他早期的《科学史教篇》中，他便曾谈到西方基督教在西方历史上的作用，并认为，西方近现代社会思想的发展也与其宗教传统有很大关系。他常说中国没有宗教，中国人没有信仰，分明他认为西方人之有信仰与其宗教有关，并不是绝对坏的事情。像《呐喊》中的《药》，《野草》中的《复仇（其二）》，都与耶稣殉难的故事有关。

对于佛教，鲁迅是下过一番研究的功夫的。他的老师章太炎就是重佛教的，辛亥革命后鲁迅最苦闷的时候读了大量佛经。但鲁迅仍与许地山不同。鲁迅童年和少年时期只从民间风俗中间接受些宗教思想的影响，所受教育主要是非宗教性的。及至他参加五四新文化运动，则是从宗教思想中走出来，面向现实，面向历史，宗教思想使他较之其他人有更多根本的人生思考，但他到底不是由现实追求入宗教。

许地山则不同了。许地山的母亲就是信佛的，她怎么信法，对我们并不重要，但一个人从幼年便有了佛的观念，则是与没有这种观念不同的。他家里又保存了许多佛经、禅经，少年的许地山便读了《金刚经》《坛经》这类宗教经典。五四时期的作家，不是留日的，便是留英、留美的，再就是在本国接受了西学教育，独有许地山，青年时便到南亚蹓了一圈。1913年，他到缅甸仰光的一个华侨学校教书，到1915年才回家。这一趟，也不能说对他没有影响。在日本和英美，不是没有宗教，但在那时的大学校园里，宗教已没有多大的影响。在西方，科学是在与宗教神学统治对立中发展起来的，学校是科学知识的传播中心，自然宗教就不再是时髦的货色。在缅甸则不同。缅甸还是一个宗教性的国家，宗教在全民的生活中占有重要的地位，这至少使许地山感到信仰宗教并不是什么奇怪的事情，不像中国人那样觉得不信教才是正常的、信教则是一种不正常的行为。所以他在回国后的第二年，便加入了一个名叫闽南伦敦会的基督教会，成了"在教之人"。仅此一点，在中国新文学作家中，他就够特殊的了。所以在1917年入了燕京大学文学院之后，同学们都称他为"许真人"，大概他那时身上便有了一种宗教气、"真人"味。

事情并未止于此，接连的一公一私的两件大事，又使他极容易地沉入了对人生意义的冥思，宗教也便成了他进行这种冥思的思维方式。1919年的五四运动，他是积极参加的一个。他被推举为学生代表，并亲自参加了五月四日的示威游行。但这个运动很快便冷却下来，热极生冷、喜极生悲，学生运动的热潮过后往往在青年学生中立即出现一种空虚感、渺茫感和悲凉感，许地山则更是如此。而恰在这时，他刚刚结婚两年半的妻子林月森给他留下了一个小女孩后猝然去世，并且是在他接她从福建家乡到北京来的半途中死于上海的。一个好端端的妻子，两人正情浓意切，离家时还好好的，到了上海说死就死了，并且是他眼睁睁看着她死去的。

凡是宗教，都是与死亡的感受有关的，从生的感受思考人生与从死的感受思考人生成了人类截然不同的两种人生哲学思考的方式，前者产生的是各种现世生活要求的哲学观念，后者产生的是对人生终极意义的宗教思考。青年人，特别是中国五四时期大部分青年作家，有的悲观厌世，有的歌颂死亡，但真正像许地山这样亲身感受死亡的存在的人是极少极少的，郭沫若、郁达夫那类的感伤情绪，那种动不动便说要自杀的言论，恰恰说明他们并没有真正感受过死亡的存在，说明还没有一个至亲之人的死亡使他们切切实实地从死亡存在的角度思考人生的意义。许地山感受到人死亡的存在，他以往宗教思想的影响又给他提供了进行这种思考的思想渠道。他可就与宗教思想结下了难解难分的缘分。他妻子死后的第二年的1921年，他发表了他的第一篇也是使他成名的小说《命命鸟》。如果说鲁迅发表《狂人日记》标明他在做出于现实思考的努力，许地山发表的《命命鸟》则是在做出于宗教思考的努力。二者是略有不同的。

但是，许地山到底是生于20世纪的中国，生于科学民主为旗帜的五四时期。在"上帝死了"之后，许地山不再也不想再让上帝复活于人间。许地山的宗教思考，并不把人生的意义放在人死后的上帝身边，也不放在彼岸的涅槃境界，这使他的人生观与基督教和佛教有着根本的不同。但是，他的宗教思考也并不是没有任何作用的。这使他与中国传统的儒家、道家和道教的人生观都有了不同，也与在五四作家中占主导地位的泛情主义有了不同。

儒家把人生的价值完全放在治国平天下的确定的政治目标上，放在忠君孝亲的为他的价值上，许地山不同，他要寻求的是生存对自我的意义。道家把自我生存的意义放在自我心灵的宁静上，并且是以疏离自我与社会的关系为前提保持这种宁静的，许地山则不同，他要寻求的是生活在社会中的人的精神宁静；道教追求的是形而下的物质目标的实现，是长生不老、点铁成金、刀枪不入、飞檐走壁等特异方式，许地山也不同，他寻求的更是社会中人的精神境界。五四时期的多数知识分子，或追求的是一种历史的目标，或追求的是一种现实的目标，许地山追求的则是一种精神的目标。最后，许地山与鲁迅也有所不同。鲁迅追求的也是一种精神的目标，但鲁迅所追求的精神目标是从中华民族特定的历史需要生发出来的，许地山所追求的精神目标则是从个人与社会的一般关系的思考中生发出来的，带有一种更高的抽象意义。许地山的人生哲学可以从他的《缀网劳蛛》中的一个比喻中得到总体说明。他把人生比喻为蜘蛛结网，结网本身就是它的意义，狂风暴雨来了，丝断网破，破了再结，结了再破。这就是人生。成功与失败是没有关系的，重要的是结的活动本身。

凡是一种人生哲学，都无法说它绝对的对错，关键在于它为什么会产生，即经产生，又有什么作用。五四时期是泛情主义泛滥的时代，觉醒了的青年追求个人的发展，追求自我的幸福，但与此同时，很多青年又把幸福、爱情这类东西理想化了。似乎人生中是不应有任何痛苦、任何不幸、任何不能实现的个人意志似的，小有不顺利、小有不惬意，便感伤、便痛苦，感伤主义反而成了一种时髦，一种时代的流行病。许地山则认为，人生的痛苦是不可避免的，同时也是相对的，一切的痛苦在当时是痛苦，在回忆中又成了幸福的。人生不应是避苦求乐的过程，而应在人生自我的奋斗本身中感到它的意义。说白了，人生的意义就在人生本身，而不在它之外。这样，人才能不论在何种情况下，都不绝望于人生。在这一点上，许地山与鲁迅并没有不同，鲁迅也把自己视为一个"过客"，未来是什么样子的，这并不重要，但要往前走。但鲁迅认为人生不仅仅是适应，更重要的是创造，因而他不否认斗争，许地山则主要讲适应，创造活动以及由创造所带来的生存竞争他是小心避免着的。

许地山还是中国现代史上第一个著名的宗教学家，在研究世界宗教，特别是东方宗教方面有着杰出的贡献。

1993 年 4 月 22 日于北京师范大学中文系

"著书都为稻粱谋"

——张资平印象

　　"避席畏闻文字狱，著书都为稻粱谋"是清代诗人龚自珍的名句，它很沉痛地说出了中国知识分子的痛苦和矛盾。原本，一个知识分子是一个统一体，其中三个要素是缺一不可的。首先是作家的精神追求和文学追求，这是一个文学作家的本质特征。一个作家假若没有自己独立的精神追求和文学追求，严格说来，就不能称其为作家。社会上的事儿多得很，干点儿什么不好呢，何必一定要当一个作家呢？但是，作家也是一个人，也要作为一个人得到整个社会的认可，说得"俗"一点儿，就是他得要"名"。要是社会把作家当妓女、小偷、毒品走私犯对待，即使他有创作的才能，也不会去从事文学创作。再说，即使他有了创作，社会也畏之如蛇蝎，正经人是不去看的，作家的精神追求和文学追求又有什么用呢？第三个要素就更"俗"了，那就是"钱"，是物质生活条件的保障。作家也要吃饭穿衣、养家糊口，没有钱是不行的。

上述三个要素缺一不可，但三者又常常有矛盾。矛盾就常常出现在作家的独立精神追求和文学追求上。作家的独立精神追求和文学追求把作家限制住了。明明是可以捞"名"的事儿，但与他的追求不相符，他不愿去干；明明是能捞"钱"的事儿，也与他的追求不相符，他也不愿去干。而既与自己的精神追求、文学追求相符，又可捞"名"、捞"利"的事儿不能说没有，但到底是一生中少有的事儿。历朝历代，政治统治者希望文人歌功颂德，当他们的御用文人，稍有不逊，便有杀身之祸，在这时知识分子感到要坚持自己的精神追求和文学追求十分困难，写文章还是不必太执着于精神追求和文学追求，也不必太顾惜自己的道德名义，只为了混饭吃倒好些，所以龚自珍发出了"避席畏闻文字狱，著书都为稻粱谋"的感叹。这对于一个有着实在的精神追求和文学追求的人来说，实际是一桩十分痛苦的事儿。

但社会总是有很多空档儿可钻的，自然当作家是一份有名有利的差事儿，即使没有什么精神追求和文学追求，也是值得一干的事儿。并且不但可干，而且往往比那些有确定不移的精神追求和文学追求的人儿更沾些便宜。因为他没有追求，便不受自己的限制，总能随时事的变化而变化。政治统治者需要我歌功颂德，并且有利可图，可以！咱就歌功，咱就颂德！社会群众最喜欢看某种作品，卖得来钱，可以！咱就写这类作品！反正我是没个顶准儿的，能怎么来便怎么来！与时俱化，与社会现状贴得紧紧的，东风来了他是东风派，西风来了他是西风派，任什么时事他也有饭吃，有衣穿，过得滋滋味味的。"人生一辈子，还不是吃点，喝点，要什么追求，要什么精神，为那种虚幻的东西把自己的小命都搭进去，那才是傻瓜呢？"——这是他们的心里话。

实际上，张资平就是这么一个人。在创造社作家中，郭沫若曾经被通缉，流亡日本；成仿吾参加过万里长征，历尽艰险；郁达夫常常是穷困潦倒，最后被日本宪兵队暗杀；而张资平却要顺利得多。新文学行势之时，他也曾名噪一时，时称"创造社四君子"之一（郭沫若、成仿吾、郁达夫、张资平被称为"创造社四君子"），待到新文学落潮，新文学作品不但受政治的压迫，而且卖不出钱来，张资平则靠三角恋爱小说风行于世，开书店，卖小说，坚固地立于现实社会，没有受政治迫害之虞，也无受经济压迫之苦。日本人打进来了，他也觉得无可无不可，干脆为日本人服务去了。中国人的理想是大吉大利，人家张资平才算前世积了阴德，处任何时世都能无几微之痛。或者人说，抗日战争结束之后，他不也倒了霉？但须知张资平也会这么想：我总比在日本人当权时便把小命儿搭进去要好得多呀！

对张资平这类人，似乎中国文学评论界也没有更好的办法。讲五四新文学，你不能不讲他吧！他到底是创造社初建时期有过贡献的作家呀！待到严肃文学价值低落，通俗文学兴盛，张资平又似乎比任何其他作家都有了价值：写三角恋爱有什么不好？有人愿意看嘛！难道非要把文学作品写得没人看才好？特别是在广大知识分子感受到经济的压迫的时候，张资平便更容易被人理解了：作家也是人，得靠卖作品吃饭，人家当时不也是为生活所迫吗？甚至他的就任伪职，也是有理由为之开脱的：有什么办法呢？人都是要活的，国家都亡了，张资平不为日本人干事活不下去，难道亡国的责任还在于他一个人就不就伪职？……

确确实实，要想找出一种十全十美的理论否定张资平这类的人，是极难极难的。正因为他善变，一生中干过各类的事儿，有过各类的"行状"，真是东边不亮西边亮，你总能找到他符合某个价值标准的地方。倒是那些有着始终如一的追求的人，极易被否定。你是现实主义者，浪漫主义行势之时人们就对你不感兴趣了；你是"左"的，右的思潮兴盛的时候就要被人瞧不起了。独有像张资平这类的人，你不论朝哪里走，他都有与你相同的地方，叫你狗咬刺猬，无处下口。

但独独有一关，张资平是不易过的，即是文学感受和精神感受关。真正有精神追求和文学追求的人，他是很难转动自己的身子的，因为一旦转动，他就很难受，还不如忍受点别的痛苦而保持自己的精神追求和文学追求。你说歌功颂德可以升官，但他歌功颂德给自己造成的精神痛苦比升官给他带来的幸福还大；你说迎合社会口味可以赚钱，但他迎合社会口味给他带来的折磨比少挣点钱还重。但正因为如此，一旦与他的精神追求和文学追求相符，他的精神便格外舒朗，情绪格外浓烈，他的作品也便格外有生气，有味道。但张资平这类人就不同了，因为他就没有什么不能不实现的精神追求和文学追求，所以他不论写什么也写不出文学作品必有的那种精神和韵味来。

张资平在早期确实是新文学作家中的一员，从题材和观点，你看不出他与别的新文学作家有什么不同。但你切不可认为他真诚地追求什么恋爱自由、个性解放或社会的进步，实在是时代已变，当时的潮流如此，别人都这样写，他也便这样写，不这样写当不成作家。人们会说我有些冤枉他，但我认为，只要你用心灵去感受一下他的作品，便知道我绝非有意与他过不去。郁达夫的作品有很多弱点，但那点痛苦确实是他的痛苦；郭沫若的好诗不多，但那点热情也确是他的热情；而张资平的作品，却看不出他对他表现的思想有什么真诚的热情，看不出他对自己笔下的人物的命运有什么真诚的关怀。他从来没有把自己真正煮进到作品里去过。后来，他写三角恋爱小说去了，恋爱是人生的重要主题，当然应该写；三角恋爱，也是恋爱中常遇到的事情，也未尝不可写；性心理，也不必认为是下贱的事儿。但关键在于，他并不真正关心恋爱青年的精神发展和心灵感受，并不关心人类的两性关系，而对于人的性心理，他也只是靠自己的猜测，并不想真正理解性在人的精神生活中的作用和意义。所以你在他的这类作品中仍然感受不到他到底有什么实现不了的精神追求和文学追求，你只知道他在写小说，并且努力把小说写得让要借小说消遣的人看。我认为，文学评论家不能光讲"道理"，什么恋爱主题是重要的，什么通俗作品应受重视，这些道理能把真正的文学作品与伪劣作品等同起来。文学评论的第一道手续是"心灵感受",感受之后才有"道理"可讲。

中国现代史上有两个知名的"汉奸文人":周作人和张资平。但他二人又有根本的区别:周作人是有真诚的思想追求和文学追求的人,但他缺乏支持自己追求的精神和品格,所以常常向现实妥协,就任伪职是由于他的软骨病;张资平则不同,他从来没有过真诚的精神追求和文学追求,他的就任伪职并不是"妥协",而是"顺其自然",给中国人干和给日本人干都是混饭吃,没有什么两样,所以他其实没有什么"妥协"——无所谓妥协。周作人是不愿当奴才而在屠刀威胁下不得不当奴才,张资平则一向是个奴才坯子。我们不能原谅周作人的变节行为,但我们得重视他的作品,因为他的作品表现着为别的作家所无法代替的精神追求和文学追求,而对张资平,我们不但不应原谅他的变节行为,也不必惋惜他的文学作品,因为这些作品尽管是些作品,但却并没有独立的、为别的作家所无法代替的思想价值和文学价值。

1993 年 3 月 6 日于北京师范大学中文系

我们的好老师

——叶圣陶印象

  假若我现在是一个中学生，并且立志一生从事文学创作，让我在现代作家中任意挑选一位作家，做我的从中学到大学、再到独立从事文学创作整个前半生的文学老师，我将选谁呢？我乐意选两个人：叶圣陶和朱自清。

  首先说明，我不选鲁迅。鲁迅的文章，不是学来的。没有鲁迅的那种气质、那种性格，你千万不要学鲁迅——越学越糟！而假若你真正具有了鲁迅的那种气质、那种性格，你不从鲁迅那里学也会慢慢写出像鲁迅的那种文章来。学鲁迅，不用拜他做老师，看他的文章就行。他的文章比你实际看到的鲁迅更是一个真实的鲁迅，你看到的那个鲁迅未必是一个真的鲁迅。我也不选郭沫若。郭沫若自己的变化太快，这类人不适于当教师，学生跟着郭沫若学习，会感到无所适从，刚刚理解了他的意思，他自己又变了。茅盾比鲁迅、郭沫若都好些，但他不细致，我觉得茅盾的作品从整体上看是很伟大的，但没有一篇可以拿来做范文读，他的最著名的《白杨礼赞》也不是精粹的散文，要让他指导学生他会忽略掉好多对于学生来说不应忽略掉的东西。胡适只能教大学生，并且最好是教属于学术研究而非文学写作一类的课程。总之，作为文学创作的导师，没有比叶圣陶、朱自清两位先生更合适的人选了。

　　我所说的叶圣陶、朱自清先生适于做我们的文学老师，并不仅仅是从写作技巧的指导上而说的。而是从整个的思想和人格上说的。叶圣陶、朱自清先生都不是纯学院派的学者、教授。中国的纯学院派的学者、教授往往偏于保守。他所注重的是他那个领域的学问，而这些学问又似乎是与时代的变迁、社会思想的变化没有任何关系的东西。你得老老实实地蹲在屋里给我做学问，多读几堆线装书，越是与当前的热门话题不发生关系，你的学问也就做得越大，越有出息。但青年们很难做到这一点，他们不能不受社会时尚的影响，因而感到这些已经啃书本啃出了名堂的教授学者们太保守，几十年一贯制，缺少新气儿、新味儿。叶圣陶、朱自清不这样，他们的思想始终有一种前倾力，他们愿意理解青年，理解新的思想潮流，尽管他们自己与青年学生们的思想有所不同，但他们能主动理解他们、包容他们。这样的老师对青年有好处，就是能够为青年提供独立创造、独立追求的机会，不会扼杀新的生机。但作为一个教师，这也就够了。有的学生希望老师总是站在他们的前头，领着他们干他们自己也觉得有些危险、有些出格儿的事情。其实这种要求是不合理的。任何独立的追求，得自己选择、自己负责。一个教师即使思想再激进，也不能要求自己的学生跟着自己干。这样的教师不是一个好教师，好的教师应当希望学生能比自己得到更顺利发展的机会。危险的事情，冒险的事业，自己可以选择，但不能代学生选择，鲁迅说"背着因袭的重担，肩住黑暗的闸门，放他们到宽阔光明的地方去"，就是希望青年有更顺利的发展。成年人的事儿，不能发动青年替自己去解决。把一堆嫩生生的青年推到前沿阵地去冒险、去牺牲，对于一个教师，是不道德的事情。对于青年自身，也应有这样的思想准备：自己的独立追求，要自己选择、自己负责。否则，又怎能叫独立追求？所以自己的独立选择，也不必要求老师一定支持，一定带领自己去干。教师有教师的处境，他是不能事事处处做青年的领袖的。总之，作为一个教师，叶圣陶、朱自清两位先生的思想、道德、人格都是很标准的。

事实上，叶圣陶先生也是在教师生涯中陶冶了自己的性情、人格。他努力做好一个教师，因而他的文学作品也就自觉不自觉地具有了教师的风范。我们完全可以说，他是立于一个教师的地位上环顾周围的世界的。他对教师和以教师为主要特征的知识分子的生活、思想了解得最深切。他们处境的尴尬，他们生活的酸辛，他们的思想矛盾，他们的精神弱点，恐怕没有一个现代作家像他写得那么多、那么细。与他的职业相联系，他对少年学生的生活关心最多，并且他最关心的是那些贫穷的学生。在五四时期，鲁迅、郁达夫、许地山、冰心都追求"爱"，都是人道主义者，但要理解叶圣陶的人道主义，最好从一个真诚的教师的角度来理解。在一个教师的眼里，所有的学生都是自己的学生，都应是平等的。他用的是一个学生的标准看待学生，这与当时社会的标准是不同的。在社会上，穷人家的孩子被人看不起，甚至受人欺侮，他们比富人家的子弟更有求学上进的欲望，但却没有受教育的经济条件；他们在实际生产技能上超过娇生惯养中长大的富家子弟，但在掌握书本知识上有更多的不利条件……这一切都使一个教师更关心这类的学生，像一个母亲更关心病弱的孩子一样。他对整个社会的关心也是这样，贫富不均更是他同情劳苦群众的思想基础。这与鲁迅的人道主义不同，与许地山的人道主义也不相同。叶圣陶还是中国现代文学史上的第一个儿童文学家，一个好的教师没有不关心、爱护儿童的。他愿为儿童写些文学作品，尽管条件不同，这种愿望能否实现是难以断言的。

在文学风格上，叶圣陶的作品也可从教师风范这个角度来评价。他的作品严谨、平实、细致、语言精练，几乎他的所有短篇小说都可作为中学课文进行教读。像写毛笔字不能开始便用王羲之、张旭的字做字帖一样，鲁迅、郁达夫、郭沫若、沈从文的最好的作品是不太适宜于做中学生的范文的。我觉得现在的中学课本多选一些叶圣陶、朱自清的作品是有好处的，到大学里，可以多读鲁迅的作品。

但是，作为文学与作为教师又有不同的标准。假若真从文学的角度要求叶圣陶，叶圣陶的作品还是有些缺乏内在的热力的。在技术上，郁达夫的小说不如叶圣陶，但在文学史上，郁达夫的地位却比叶圣陶高，因为郁达夫小说自成一家，自开一种风气，有些出格儿，而出格儿的东西才会成为具有独创性的东西——尽管并不是一切出格儿的东西都是有独创性价值的。

1993 年 4 月 21 日于北京师范大学中文系

中国知识分子的哭和笑

——林语堂印象

　　一个民族和一个人一样，有它的哭和笑，有它独特的情感表现。一个民族的文学艺术就是一个民族的哭和笑，一个民族的情感表现。

　　不同的人有不同的哭和笑，在同一种处境中，有的人会哭，有的人会笑，有的则不哭不笑。同样是笑，在相同的场合，不同的人也有不同的笑法，有苦笑，有奸笑，有皮笑肉不笑，有痛快淋漓的笑，有惨淡的笑，有冷漠的笑，有神秘的笑，有讽刺的笑，有温存的微笑，有热烈的大笑，有愤怒的狂笑，有痴笑，有媚笑，有酸溜溜的笑，有甜蜜蜜的笑，有抿嘴窃笑，有开怀畅笑，有回眸俏笑，有低眉强笑，有狞笑，有讪笑，有戏谑的笑，有挑逗的笑，有傲慢的笑，有谦卑的笑。哭也是这样，哭也有各种各样的哭，有号啕大哭，有呜咽，有抽泣，有涕泗交流，有无泪干号，有顿足捶胸的哭，有声泪俱下的哭，有撒娇装哭，有乐极生悲的哭，有凄切哀怨的哭，有悲悲切切的哭，有欲笑还哭，有英雄弹泪，有美人暗泣，有哭诉，有哀告，有一泄如注的哭，有断断续续的哭。这些不同的哭和不同的笑，组成了一个民族情感表现的协奏曲，使人感到这个民族还是活的，每个人对自己周围的世界还有敏锐的感受力。人们通过他们的哭声和笑声感受到他们的生命的存在及其不同的存在形式，假若你愿意，你就可以循由他们的哭声和笑声进入他们的内心世界中去，并在那里与他们的灵魂相会。

但是，一个民族也和一个人一样，在一种状态下，会突然失去情感表现的能力。在这种场合下，人们不知道是应该哭，还是应该笑。哭，哭不痛快；笑，也笑不自然。

在中国，我经常遇到这样的情况：一个孩子刚刚想哭，大人突然一巴掌打了过去："别哭！"

在这时，这个孩子是应该哭呢，还是应该笑呢？

我至今也不知道。

一个民族的文学家、艺术家，不论作为文学家、艺术家他是多么伟大，后来的人给予了他多么崇高的地位，但在他那个时代，对于他那时的整个社会，他都更像一个孩子。他比其他人都更敏感，更好哭，更好笑，他没有足以保护自己的权力，有权力的是政治家，他的权力得靠政治家的保护，正像一个好哭好笑的小孩子的权力得靠大人的保护一样。他自己种不出粮食，织不出布，吃的喝的都得靠别人。但一个社会还是需要文学家和艺术家，这正像一个人需要哭和笑一样。哭，哭不出粮食，哭不出布；笑，笑不出机枪、大炮、原子弹。但还是得哭，还是得笑，不哭不笑，就把人憋死了，其余的东西再好也没有多大意义了。一个没有感情的人，正像一个没有感觉的罐子，不论里面盛的是银耳燕窝汤还是臭狗屎，对他都没有了任何意义。人是通过感情享受整个世界的。

但是，文学艺术又有另一个侧面，它还是一种社会职业，说得白一点，就是文学艺术家又是靠哭和笑吃饭的。平常人哭不出来可以不哭，笑不出来可以不笑，文学艺术家却不行，不哭不笑就当不成名人，吃不上文人的饭，做不成文学艺术家。他必须得哭，必须得笑。到了哭和笑都不自由的时候，文学艺术家可就作了难了。别的人去干别的营生去了，而他还得在这里哭或笑，想哭不能哭了，想笑不能笑了，就只能强装点笑脸或做作点苦相。只要他们不是助纣为虐、为虎作伥，原本是可以理解的，但人们要是这样笑惯了、哭惯了，可也给了强权者一种经验，使他们遇事便来个不管三七二十一，乱砍乱杀一通，反正你还得作文学、作艺术，天下太平，倒是那些越打越叫唤的人扰乱人的清听，搞得人无法安心。

鲁迅与林语堂的"幽默"之战，就是在这种情况之下展开的。

鲁迅和林语堂是老朋友、老同事，他们是从 20 世纪 20 年代一起走过来的"语丝"派同仁。20 世纪 20 年代的文学，尽管幼稚，尽管弱小，但那时的文学还是自由的。军阀忙于打仗，顾不得管文化界的事，待到新文学热闹起来，他们想管也管不了了。陈独秀、胡适、鲁迅、周作人、茅盾、郭沫若这些文学大家，尽管各有不同，尽管对手里拿枪的军阀也无计可施，但那些兵大爷对这些文人也没有什么办法，他们都程度不一地坚持着独立的文明批评和社会批评，并不自诩为超现实和超社会。他们讲人道主义，讲人与人之间的爱和同情，主张天赋人权，主张人与人之间的平等权利；他们讲个性主义，讲我是我自己的，谁也不能干涉我的自由，主张个性独立，坚持个人的自由意志；他们讲民主与科学，反对政治专制，反对奴隶主义。但是，1927年的全国性大屠杀却往这些知识分子的脸上抽了一记重重的耳光。政治家把枪往人群里一放："你还要不要自由？要不要人道主义？要不要个性解放？要不要平等和民主？"这么一问，中国的知识分子就傻了眼了：他们原本以为这些东西可以使中国越变越好，现在反而弄得更糟了。正像一个孩子要糖吃是为了甜蜜一些，现在要糖就得挨巴掌，你还要不要呢？就这样，中国新文学进入了第二个十年。

第二个十年的文学与第一个十年的文学的根本不同就在于，第二个十年的文学是在枪杆子射力圈之内的文学，而第一个十年它还没有完全落入这个射力圈之内。在这时，中国作家们可就没有了20世纪20年代那种选择的自由了。文化专制把当时的作家们（严肃的作家们）分成了截然不同的两派，用过去的话来说，就是左翼和右翼；用我的话来说，就是哭派和笑派。左翼就是哭派，他们挨了打，要哭，但社会不准他们哭，哭就得继续挨巴掌，哭得越厉害挨的巴掌越重。他们知道这一点，也知道自己的脸斗不过政治的枪，哭的时候还得注意不叫政治家捉住，这个哭可就哭得不那么真诚，不那么专一了，但不哭就表示了屈服，为了这口气，他们也要坚持哭下去。这哭，成了一种需要，一种姿态，他们的哭也就不像20世纪20年代郁达夫一类的小青年哭得那么痛快、那么真实、那么惹人怜爱了。他们的哭，有些像干号，正像一个小孩子，一边哭，一边还要偷觑着大人的脸色，看他想不想伸巴掌，随时准备在他伸巴掌之前撒腿跑掉一样，并不专心致志地哭，他的哭怎能哭得美、哭得艺术呢？我们现在觉得20世纪30年代的左翼文学少了一点诗味，少了一点艺术性，没有哭出诺贝尔文学奖来，就是这样一个原因。他们之关心社会也显得那么牵强，因为一个连自己的命运都无法把握的阶层，口头上却以关心社会的名义出现，那不是有点自不量力吗？但他们的哭也不是没有任何意义的，这正像好多走夜路的人，开始时彼此分散，每个人都害怕得要命，就哭起来，叫起来，而这一哭、一叫，才知道在自己旁边还有好多好多在夜里走路的人，其恐怖心就减小了，他们就在这哭声、叫声中联合起来，又在这联合中忘却了周围的恐怖。在这时，哭声和叫声又好像不是由于恐怖，倒更像是进军的战斗。就这样，20世纪30年代的左翼文学成了哭的文学——呐喊的文学——战斗的文学的混合体，分不清到底哪是哭、哪是叫、哪是战斗的号召了。

左翼文学是哭的文学，但它哭得不够自然，没有哭出更高的文学品味，于是就引来了另一些中国知识分子的不满，林语堂就是其中的一个。左翼老是讲社会问题、政治问题、严肃问题，讲得人们心里怪沉重的，那副哭丧着的脸叫人家看着就不开心。于是他觉着文学还是随便一点好，不要老是哭丧着脸，得笑一笑，幽默幽默。出于这种目的，他就大张旗鼓地提倡起幽默的文学来。从他自己来说，也不是没有任何道理的，人总不能活得那么沉重，总得在自己的生活中找到一点兴味，一点乐趣，只要你不是老记着不乐意的事情，与自己的生活拉开一点距离，不论在什么时代，这种乐趣还是俯拾皆是的。

但他的问题出在不但要自己笑，还要广泛提倡这种笑，还要否定左翼的哭的文学，这就招来了鲁迅的批评。鲁迅向来是说话不那么客气的，又是老朋友，又是在"语丝"时期共同进行过自由的文化批评和社会批评的。鲁迅的意思非常明显，一个人笑笑是无妨的，幽默幽默也是无妨的，但要把这种幽默当作一面旗帜与左翼的哭的文学对立起来，问题就不这么简单了。左翼哭得再不好，但它却表示着对国民党政治专制和文化专制的反抗，表示着对1927年那场血腥屠杀的历史的记忆，而这种反抗和记忆本身就是一个民族的精神意志的表现。幽默是有一定对象的，它是一种谅解方式，一种容纳方式，我们可以原谅一个人的缺点和错误，但不能原谅别人的欺压和侮辱，不能原谅对人民的屠杀和压制。在这样的时代，不能只有幽默而没有讽刺和揭露。假若一个民族的人民，每一次遭到屠杀，都产生不了愤怒的呼声和决绝的抗争，而只产生一些笑话和幽默，死的人不能说话了，活着的人都愿意活得轻松一点，都赶紧到自己的生活琐事中、到书本中，找出一些令自己开心的笑话来，在哈哈一笑中把自己的痛苦冲淡、忘却，这个民族还有什么改善的希望呢？这会给统治者一个经验："人民，不杀不老实，越杀越高兴。"到下一次，它还要使用同样的手段。

就这样，两个老朋友，撕开了脸皮，围绕着幽默问题，展开了一场龙虎斗。

龙虎斗就是龙虎斗，它与鸡鸣狗盗之徒的相互撕咬的根本区别在于：二者都是严肃的，都建立在自己一定的思想立场之上，不是由私人的利害冲突引起的。虽然二者争得面红耳赤，但彼此并未视为寇仇，鲁迅批评林语堂的文章有的就是交给他本人在他所办的刊物上发表的。二人同是民权保障同盟的成员，林语堂在萧伯纳来华时做了大量的工作，鲁迅对之进行了赞扬。只是到了后来的"阶级斗争"论者的笔下，二人的关系才变了味，一个成了"无产阶级"，一个成了"资产阶级"，好像一个非得杀死另一个才能解心头之恨。中国的事情，又总是像翻烙饼一样，从这一面直接翻到那一面。曾几何时，那些把林语堂贬得一无是处的中国知识分子，又对林语堂大表起同情来，似乎连鲁迅对他的批评也成了要不得的事情。

我倒觉得，即使就文学讲文学，中国文学也是有很多奇怪的现象的。在 20 世纪 20 年代，文学要自由得多，文学家是可以随便哭哭和笑笑的，但那时候谁都那么严肃，没有一点笑模样，比较起来，倒是鲁迅笑得更多些，他的小说和杂文都不那么沉闷，讽刺里夹着幽默，不乏文学的趣味性，林语堂也没有感到应当提倡一点幽默。到了 20 世纪 30 年代，社会的脸板了起来，很多文学家的脸反而松弛下来，破颜为笑了。要是一个人，你不感到他有点神经错乱吗？说到底，还是因为中国知识分子自己有点软弱，在平常的时候，不敢哭也不敢笑，一旦社会自由了一些，他的一肚子委屈都来了，哭哭啼啼，这也不如意，那也不如意，恨不得一天就走进世界大同里去；但到被社会狠狠地抽上两巴掌，不敢哭了，他才觉得自己是不必管社会的那些"闲事"的，并且自己也管不了，不如自己在自己的生活里找点小乐趣，在书本里寻点小情味，尽量享受现有的人生，这一来，他反倒高兴起来了。但这高兴是在意志受挫以后的高兴，一旦能哭了，他的委屈又来了，并且这时又是比勇敢的时候，谁的哭声高谁就最先进，谁骂得出奇，控诉得有力，谁就是最杰出的文学家，处境好些了，反而哭得痛切起来。顺利些了，他哭了；不顺利了，他笑了。你说怪不怪呢？

　　林语堂的作品，我过去读得很少，只读过他的几篇提倡幽默的文章。到了 20 世纪 90 年代，林语堂突然热了起来，并且热得有些邪乎，我才陆续把他的书买了来，也多多少少读了一些。我对他的作品的总体印象是：他提倡幽默，但在他的本性当中，并不怎么幽默，他的文章中的幽默是有意为之，是外在的，浮于表面的，有些牵强。要说幽默，他一不如梁实秋，二不如老舍，三不如钱锺书。梁实秋在本性中就比他多一点绅士风度，他笑得比林语堂更高雅；老舍以一个正直善良的穷苦人的身份对蛮横霸道、愚昧无知的社会上层人物进行嘲笑，因为那种无可奈何的苦涩感而使他的笑更接近幽默，他虽然在外在上承认权势者的地位，但在内心却对他们极端蔑视，居高临下，其幽默是有根的，比林语堂的更加自然；钱锺书的幽默是一个博学者的幽默，他对自己的学问有着真正的自信，因而他的幽默虽有掉书袋的倾向，但一旦轻松下来，就有幽默妙语。林语堂也有学问，也有道德，也有身份，但他不以这些为重，他重视的是自己的普通心，反对把自己看得过高，想得过重，岂不知他这种思想倾向本身就不太与幽默的要求合辙。幽默本身就是居高临下的，你不能把别人看得不如自己，你怎么能幽默得起来呢？所以，林语堂作品的真正价值，不是他的幽默，而是他的始终如一的社会批评和文明批评倾向，是他对中国文化和中国人的持之以恒的解剖。他在作品风格上，努力做得平淡自然，但他又是一个无法忘掉时世的人，所以他的平淡自然只是他的作品的外表，其内在特征是不平淡的。到了国外，他还忘不了宣传中国文化，还以中国为背景写小说，分明是无法沉入目前的平凡生活、做到心闲情淡的一个人。心不闲，文章怎么能平淡起来呢？

一个人提倡什么，并不意味着他就是什么，正像我们提倡了几十年的现实主义，并不意味着我们的作品就真的是现实主义的一样。

1995 年 12 月

他在精神上是个孩子

——郁达夫印象

郁达夫是这样一个人：没有一个人会发自内心地尊敬他，但也没有一个人会发自内心地憎恨他。

不论你怎样评价他这个人和他的作品，你都会觉得他有些可爱。

你有些疼他，特别是看到别人欺负他的时候。

他经常哭哭啼啼，要在别人，你会感到厌恶，但在郁达夫这里，你并不感到厌烦。你想伸出手来，替他擦擦眼泪，说一声："好孩子，别哭了！这不算什么的！"

因为他在精神上就是一个孩子。

每一个人，都首先在母亲的怀抱里被抱大。有了需要，母亲会满足他；有了痛苦，母亲会安慰他。他在母亲身边感到是温暖的，一种精神上的温暖。尽管母亲也会说他，教训他，但到底这里面包含着爱，包含着情感。

人长大了，被放到了社会上。他仍然像期待母亲一样期待着这个社会。但社会却不像是母亲，倒更像一个继父。它不会主动去满足你的需要，不会体贴你的感情，不会原谅你的缺点。你要什么，得去和别人抢，和别人夺，抢不过、夺不过，算你倒霉，算你无能。你要是做错了事儿，不论有意还是无意，不论出于坏心还是出于好心，你就得接受惩罚。这才不像母亲骂你和打你哩。母亲骂了你，打了你，她自己也会掉泪，回过头来还得安慰你。社会惩罚了你，把脸板得更紧，一副冷酷无情的样子。甚至还有人幸灾乐祸，在旁看，哈哈笑。在社会上，你感到孤独，冷落，无依无靠。你在社会上总希望再找到像母亲一样的环境，但常常是越是希望找到，越是一次次地感到失望，在这时，你虽然身体长大了，知识增多了，但你在精神上依然是个孩子，因为你眷恋母亲，眷恋像母亲一样的人和物。

什么时候，你不再希望社会能像母亲一样关怀你，爱护你；什么时候，你开始认识到社会实际是一个竞技场；什么时候，你也像别人一样知道依靠自己的力量去争，去斗，去夺，去抢，去获得自己想获得的东西，不要求别人的同情、怜悯、安慰、恩赐，失败了认自己倒霉，爬起来，擦擦脸上的血，拍拍身上的土，再去做新的竞技，你就算长大了，成了成年人。在这时，也只有在这时，别人才把你当成一个不能忽略的人，与你拉关系，讲友谊，联为一体，互助互用，谋取共同的生存。但与此同时，你的敌人也多了起来，排斥你，打击你，因为他们也想占有你现在所占有的地盘。

郁达夫早年丧父，由寡母拉扯长大，在弟兄中他最小。他身子瘦瘦的，浑身没有几两肉，力气大的孩子，三拳便能打他个底朝天，只是读书绝顶聪明。十七岁，便被长兄郁华带到日本，把他一个人扔在异国他乡去读书。从此，不闻爷娘唤儿声，得自己照顾自己了。

他才十七岁呵，他的心灵怎能离得开母亲。

中国人讲爱情，多往性上拉，当然爱离不开性，但爱更是对精神栖息所的寻求。对少年男性来说，他要在世界上找到一个能像母亲一样体贴他、关怀他、了解他、安慰他的人，才使自己在精神上不感到孤独。才离少年境的郁达夫，越是在异国他乡难耐失去母亲温暖后的孤独，也越是感到爱情的必须。

　　知识我也不要，名誉我也不要，我只要一个安慰我体谅我的"心"，一副白热的心肠！从这一副心肠里生出来的同情！从同情而来的爱情！

　　我所要求的就是爱情！

《沉沦》

但两性之爱不像母子之爱，母子之爱不是争来的，而是天然的，你越弱，越小，母亲越爱你。哭是引起母亲注意的最佳方式。但两性之爱才不同哩！你得像个男子汉，得追，得和别的男孩子抢；你得像个人物，或才能出众，让女性感到你前途无量；或有钱，让女性感到在经济上有保障；或有地位，让女性感到荣耀；或一表人才，潇洒倜傥，一下子便能抓住女性的心。总之，你得有点与众不同之处，否则，世界上男孩子有的是，人家为什么偏偏挑上你！但郁达夫可不行。在人家日本，青年男女，正常交往，谈情说爱，习以为常，而在男女授受不亲的中国教养出来的郁达夫，老实巴交的，又怯懦又腼腆，见了女孩子干着急说不出话，好像小偷见了失主一样的惶遽不安，这怎么能和那些日本男孩子竞争呢？再说，自己要钱没钱，要地位没地位，一介穷书生，浑身寒酸气，又是一个被日本人看不起的"支那人"。这可真是连个爱情的缝隙也找不到的绝望之境呵！在这时，不孤独也得孤独，不寂寞也得寂寞，不自卑也得自卑，不颓伤也得颓伤。母亲在哪里，人生的温暖在哪里呢？

他哭了，像受了委屈的孩子在母亲面前一样地哭了。

哭出了一篇《沉沦》。

他这一哭，中国的青年都哭了！谁不是从母亲身边走到社会上来的呢！谁不感到在中国的社会上找不到自己的母亲、找不到精神的温暖呢！谁不感到作为一个弱国子民的中国青年被人家看不起呢！别说人家日本当时看不起咱，咱自己就看得起自己吗？来个美国小伙子，风抢！你是中国的青年，连中国的女孩子也看不上眼，美国小伙子拣剩的才能归你哩！

郁达夫把自己哭成了个文学家，在社会上有了自己的安身立命之处，但他的精神也便停止在小孩子的阶段了。因为他不必再去学争权夺利那一套，不必再去耍手腕、弄权术、尔虞我诈。痛苦了，寂寞了，他就像小孩子一样哭几声，一方面也发散了苦闷，一方面也哭出一些稿费来，使自己有饭吃、有酒喝。这使他反而感到自己的痛苦还太少了一点儿，还得另外多加一些。我们觉得他后来的作品有点炫耀痛苦，就是这么一个原因。

但他确确实实终其一生也没有找到自己的母亲。女人，他追到过，但他的小孩子的性格粘不住女人的心，跟他过一段便被他缠腻烦了。他死追了一阵子王映霞，后来也结了婚，但再后来就发觉自己被戴了绿帽子，大叫大闹，连私生活中这些别人不愿公开的事儿都发表出来，又写诗，又作文，弄得满城风雨。

在人事关系上，人家也把他当小孩子。文人，也算个不小的文人，但正经八百的事儿，他也沾不上边儿。跟成仿吾，他弄掰过；跟郭沫若，他翻过脸；入了左联，又被人家登报开除了；和创造社小伙计们，他更弄不在一家去。只有鲁迅，心里喜欢他，但鲁迅是个严肃的人，也帮不上他的大忙。

在社会上找不到母亲，便向往大自然了。大自然就像我们的母亲，柔和、多情，不会故意欺负我们，对它也不必弄心计，耍手腕，可以在它面前随意哭、放心笑，撒娇打滚儿都可以。郁达夫曾想归隐田园，写了很多的山水游记，《迟桂花》更是一篇描写田园风光和自然人性的佳作。但他到底又是现代人，不能忘情于社会。所以大自然也没法儿给他真正的安慰。

中国人看不起小孩子，但小孩子有时比我们这些"大孩子"倒更像一个真正的人。他不会弄虚作假，不会笑里藏刀，不会说的是一套做的又是另外一套。他的心灵像一泓清水，即使上面漂着些污物杂草，水底有一些碎石断瓦，也能让人看得清清楚楚，明明白白。出卖道德良心的事儿，往往是我们这些"大人们"做得多，小孩子倒常常诚心诚意地待人，清清白白地做事。郁达夫，就是这样一个人。抗日战争爆发了，他比别人忙活得更厉害。祖国没有给过他什么好处，但让他背叛祖国他还是不肯。日本军队往前推，他就一步一步往后退，一直退到苏门答腊的巴爷公务，实在退无可退了，才隐姓化名住了下来。抗战期间，他在十分危险的情况下与日军周旋，救济同胞，保护群众。抗日战争结束了，有一天他被日本人叫出去，从此便再也没有回来——他被日本侵略军暗杀了。

从此，我们便再也没有听到过郁达夫的哭声。

他带着赤子之心来到了这个世界上，又带着赤子之心回到上帝那里去了。

1993 年 2 月 28 日于北京师范大学中文系

企图捉住中国历史发展脉搏的人

——茅盾印象

　　鲁（迅）、郭（沫若）、茅（盾）向被称为中国现代文学的三巨头。茅盾和郭沫若的不同是显而易见的，但鲁迅和茅盾的不同，似乎不太为人们所注意。人们把鲁迅和茅盾同归于现实主义阵营，二人的私人关系似乎又一直不错，没有发生过正面的理论论战，二人的区别遂不再被人注意。实际上，鲁迅和茅盾的差别也是十分明显的。虽说二人都可以归纳在中国现代现实主义文学的派别里，但各有所偏重，致力的方向是大异其趣的。

　　鲁迅早年更注重西方浪漫主义文学，写过《摩罗诗力说》，虽说后来颇偏重现实主义，但对作家主观情绪向来是十分重视的。他写了《呐喊》，写了《彷徨》，但同时也写了《野草》。《野草》的主观性是很强的，茅盾一生就没有写过像《野草》这类情绪浓郁、想象奇特、诡谲迷离的作品。要说接受现实主义影响，还是茅盾来得单纯和纯正。鲁迅爱果戈理，爱契诃夫，爱陀思妥耶夫斯基，爱迦尔洵、安特莱夫、阿尔志跋绥夫，在哲学上则深受尼采《查拉图斯特拉如是说》的影响，实际上他们都不是十分纯正的现实主义作家，有些则根本不是现实主义作家。鲁迅重视的是立人，是改造国民性，是强化中国人的生命力，即使他常用写实的手法反映中国国民精神的委顿，但所追求的依然是强毅的精神生命力，与浪漫主义的内在精神仍是藕断丝连、息息相关的。由这精神的内在要求，鲁迅更重对周围世界的情绪感受，浪漫主义、现实主义之不足，则用现代主义代之。我觉得，即使我们把鲁迅称为中国第一个现代主义作家，也算不得过分，他的《狂人日记》、他的《长明灯》、他的《示众》、他的《补天》和《铸剑》，不都是现代主义气味极浓的作品吗？他的散文诗集《野草》就不用提了。

茅盾则不同，茅盾当时接受的更是左拉、泰纳、巴尔扎克、列夫·托尔斯泰这些人的影响。他的现实主义更接近自然主义。实际上，在当时的世界上，现实主义与自然主义还是没有非常明确的分野的。他的现实主义一靠近左拉和泰纳，与浪漫主义和现代主义离得就更遥远了。左拉的自然主义实际上就是文学中的科学主义，浪漫主义和现代主义恰恰是明确反对文学的科学主义倾向的。较之鲁迅，茅盾作品的客观性色彩是更加明显的。在茅盾的全部作品中，第一人称的叙事作品就是极少见的，而鲁迅则常好用第一人称。这绝不是偶然的。

1927 年之前，茅盾极少创作文学作品，他几乎是埋头搞评论的唯一的一人。胡适是搞理论的，但他同时也写诗、写剧本；周作人是《新青年》中的理论家，但他同时也是诗人和散文作家；成仿吾是创造社的理论台柱，但他也同时写小说、写诗、写剧本。只有茅盾，似乎很沉得住气。事实证明，他不是不想搞创作，而是他的审美理想在当时实现不了。他接受的西方现实主义、自然主义作品的影响，使他更偏爱尺幅宽阔的画卷，对那些一雕梁、一画栋似的短篇小说，不能说看不起，但至少他觉得不够味。要写，就得写出浩浩荡荡的历史潮流来，写出整个社会的全貌来。一个人、一件事，似乎引不起他的兴趣。这也正是法国现实主义、自然主义作家的特征。

大约也正因为如此，当他有了参加第一次国内革命战争的实际经验之后，才握起了自己写小说的笔。一动手就是一个三部曲，一部长篇小说《虹》。《虹》写的不只是几个人物和人物的命运，而是当时的中国历史，是青年知识分子的思想变迁史。《虹》也是这样，他用梅女士的思想变迁说的实际上是中国社会革命思想的发展，开始是个人主义，后来是集体主义。再看看他的其余的小说，他的《子夜》，他的《第一阶段的故事》等等，哪一部写的不是中国现代社会的发展史呢？哪一部不是尽量把能容纳的社会画面全都容纳进来，表现着外部空间的广阔性的巨幅画卷呢？鲁迅似乎一直热衷于写小玩意儿，他没有从短篇转向中篇、长篇，而是由小说逐渐转向了散文诗和杂文，越写越向短的东西发展。茅盾则几乎不会写短篇，他的短篇小说写得也那么长。像《春蚕》《秋收》《残冬》《林家铺子》，都像是短的长篇小说，并且似乎都可以无限制地写下去。鲁迅的小说则不同，他的小说写到末了连主人公都死了，想续也续不下去了。写的尺幅大，人物多，矛盾复杂，头绪纷繁，就带来了一个组织结构问题。所以茅盾在长篇小说的结构方法上，在中国现代小说史上是有贡献的。特别是他的《子夜》。

社会这个玩意儿，历史这个玩意儿，说是好说，但要真的把握它，可并不是一件十分容易的事儿。在西方，有多少人为它苦思冥想，但越是苦思冥想，越是感到对它困惑莫解，理不出个明确的头绪来。严格说来，中国古代只有一个一个的家庭，社会这个东西很难说那么完整、紧密。到了社会，就只是一些政客文人了，他们有更多一些的联系，但也难以像西方的城市社会那么纵横交织、错综复杂，交织得那么细密紧凑。至于历史，从春秋战国到清朝末年，几乎只有朝代的更迭，皇帝的易姓，像西方那种制度几经变换的历史，实际上是没有的。中国进入了现代，社会的观念产生了，历史的观念产生了，但要说真正把握和认识它，却并不像看起来那么容易。

茅盾小说的缺点也就产生在这里。他描写的面广了，但它们之间的联系真是自然产生的吗？上海的大工业与农村自给自足的小农经济的相互连带关系真像茅盾小说中写的那样是牵一发而动全身的吗？中国的经济与世界的经济真的像茅盾想象中的那样是此处有风、彼处就下雨的关系吗？茅盾把它们连接起来了，但连接起来并不一定是一个有机的整体。我们看到，茅盾的小说在外部结构上似乎很完整，但它们的完整并不像巴尔扎克《人间喜剧》的完整一样。巴尔扎克的作品读下来，觉得很自然熨帖，没拼接的痕迹，但茅盾的小说则多是拼接成的。从这里跳到那里，中间的线头往往令人感到是作者有意安排的。

　　要说历史，茅盾对中国历史变迁的描写也总觉得有些浮泛，并不那么顺理成章。在他的笔下，中国历史似乎时时都在发展着，前进着，正义的力量在扩大，反动的势力在削弱。历史要是老是这样前进，中国人倒是不必发愁了。实际上，茅盾把中国当成与世界各国相同的一个国家了。他没有意识到中国文化的固有特性，没有意识到这种文化自我修复的顽强性。倒是鲁迅，对中国历史发展的沉重性有更明确的意识，因而他的作品反而有比茅盾小说更强的历史预见性。我们常常觉得已把鲁迅抛在了我们身后，但走着走着，即发现鲁迅已在前边等着我们。茅盾努力把捉中国历史发展的脉搏，似乎也感到了它的一些跳动，但却并没有鲁迅小说那种深沉的历史感，我们现在觉得茅盾的小说不太够味儿，一方面因为他的小说缺少内在的热情，一方面也因为他并没有真正实现他自己努力追求着的审美理想。

　　但是，我们不应嘲笑茅盾的追求，他的追求还应是我们的追求。

1993 年 4 月 20 日于北京师范大学中文系

现代才子徐志摩

——徐志摩印象

中国是一个讲二元对立的国家，又是一个讲道德的国家，科学的理性传统极为淡薄，搞得语言也大都向两边站，不是褒义词便是贬义词，不带褒贬意味的中性词汇极少极少了。说到"商人"，便意味着唯利是图；说到"官僚"，便意味着倨傲自大。所以他明明是商人或官僚，也不能直指他为商人或官僚了。"才子"这个词也一样，似乎说某人是"才子"便是讽刺谩骂他。我得郑重声明，我之说徐志摩是现代才子，是为了说明他的特征，绝不含褒贬的意味。

在中国的历代文人中，都有两大类人。一类是很严肃认真的人，把自己框在一个固定的模式中，好像他的四周围有一堵堵的高墙。他总想撞倒它们，但又总是撞不倒。他们的语言也难流利自然，好像现成的语言对他们都没大用处，费好大劲才能找到一种语言形式，但及至说了出来，又觉得仍然没有说清自己的意思，整日为自己的语言焦急着。这类人很容易激动，别人还没觉得怎么样，便像在他的心灵中扔了一根点燃的火柴，"嘭"的一声便点着了他的心灵之火，"呼呼"地燃烧起来。在平时别人很容易搭上话的地方，他反而说不出话来了，木讷呆笨的样子让人看着难受。这类人在日常的生活中找不到自己的乐趣，只有在人们感觉毫无意思的一些严肃呆板的事情中，他反而来了精神，似乎里面充满了无穷的乐趣。在现代作家中鲁迅便是这样一个人。人们总觉得他有些怪，觉得他活得太沉重，一点滋味也没有。但你要说他活得真没有滋味吧，他有时又莫明其妙地精神抖擞，精力比别人还要旺盛。

另一类人则与此相反。他们在自己的环境里活得好像如鱼得水，自由自在，在别人觉得过不去的地方，也不知怎么他就轻轻松松地过去了，好像什么也不足以构成他的障碍。他们的语言非常流利自然，你觉得不易说出来的意思，让他一弄，非常轻松自然地便说出来了，及至他说了出来，你才觉得你原本也是可以说出来的，并没有什么十分困难的地方。但到下一次，你仍然还是得让他帮你说。这类人也有痛苦，但你觉得他的痛苦也比你的欢乐要痛快，他有点痛苦，吐吐噜噜地便说了出来，及至说完了，你还替他痛苦着，他早就没有事情了。正像一首儿歌中所说的"哭着哭着又笑了，拿着馍馍又掉了"，所以人们认为他们实际是没有痛苦的。这类人的性格一般很好，很容易与人相处，你与他在一起，不用怕他发脾气。他说的任何话，都能让你觉得很舒服，即使批评你，也批评得你心里熨熨帖帖的，不会让你下不了台。这一类人在社会上出奇地顺利。这并非说他循规蹈矩，不敢越雷池一步。不！他们总是不遵守现成的规则，别人不敢去做的他们都敢去做，但做了别人也不会责怪他，反觉得对他挺佩服。人们觉得这类人很聪明乖巧，风流倜傥，被人视为"才子"，而因这"才子"的称号，人们又都默认他的任何越轨的行动。徐志摩就是这样一个现代社会的才子。他与古代的才子不一样了，古代的才子作的是古诗，讲的是儒、释、道、法诸家的学问，坐的是轿子，追的是名门闺秀，他作的是白话新诗，讲的是自由平等的新学问，乘的是汽车、火车、飞机，追的是现代的摩登女郎，但在时髦、灵活、潇洒、倜傥上，则都是相同的。

这两类人是怎样形成的呢？

一般说来，这两类人的分别从儿童教育开始便确定了。前一类人或因家庭的困苦，或因在家庭中所处的位置，或因周围人对他的企盼和教育，使他主要接受了责任意识，并使他总是在这种责任意识中感受自我和自我存在的价值。譬如鲁迅，由于父亲的多病早逝，由于自己是长子，大概也由于寡母的企盼厚望，更因为家庭由小康坠入困顿后的人生感受，从儿时便感到自己的存在就是要承担起整个家庭的重担，对上为母分忧，对下照顾弟妹。他是这个家庭的主人，因而也应该为这个家庭负责。他的生命的价值就在于如何承担起这份人生的责任。这类人及至长大成人，有了本民族与他民族的分别，也往往把自己设想为本民族的主人，同时也感到对本民族的责任，而在人类与非人类的分别中，他又会感到自己是人类的主人，应对整个人类的生存和发展负责。否则，他便到处抓摸不到自己活着的意义。正是由于这种越来越潜在化了的责任意识，他对任何事物的理解和感受都转了一个弯子。他几乎本能般地就会想到为了自我存在的整体（家庭、民族、人类）的利益应当怎样，而不是自己直感到怎样。他就以这种"应当如何"同时要求自己和别人，为自己也为别人设立了一个无形的框式。他自己也受这种框式的束缚，也希望冲破这种框式，但他自己却不能单独地冲破它，因为要单独冲破它，就会失去了与自我存在的整体的和谐关系，把整体搞混乱了。要冲破它，就要大家都冲破它，用新的关系代替旧的关系。这就是为什么在他周围总是像有一堵堵的高墙，你觉得他能走过去，但他却被一种无形的东西反弹回来了。在这时，他把自我紧紧地绑在了整体之上。为了自我的解放，他也得首先解放整体，并且解放整体就是他生活的意义和价值。

后一类人从童年时便感觉不到自我对周围人的责任，是在别人的宠爱中长大的，这一类的人在本能的感觉中就是为自己而活的，他生存的意义和目的就在于要使自己活得光彩，活得好，别人的事是别人的事，他可以帮助你，但他不觉得自己有什么责任。假若说前一类人的语言说的是"我们应当怎样做"，这类人的语言说的则是"我怎样，我想要得到什么"。为了引起别人的注意，显示自我的才能，他修饰自己的语言，但这修饰却不一定因为自己有什么新的不能不说的意思，他修饰自己的语言就像小鸟修饰自己的羽毛一样，是为了给人一个好的印象。因为没有责任意识，所以他也没有整体和长远的不可改变的目的，他的语言和行动都是即时性的，随着他自己的感受和周围的环境而变化，所以灵活、敏捷。由此可见，他的语言在整体上不是与环境对立的手段，而是要不断根据环境的状况而设置自己的语言。徐志摩便是如此。他生于一个富商家庭，从小便不必考虑自己家庭的现状和前途，他不会感到自己应对这个家庭担负什么责任，他是现代的贾宝玉。他也像贾宝玉一样长得漂亮、聪明和灵巧，只是不如贾宝玉对贾府来得那么娇贵。他上了学，他的学习成绩很好，但靠的不是刻苦努力，靠的是他的聪明伶俐，老师和同学都很喜欢他，但却也不把他崇为领袖。这类孩子在女孩子面前不会有自卑感，他会爱女孩子，女孩子也很容易爱上他。他就靠着自己的聪明伶俐而中学而大学而留学英国而成为著名诗人，像高速公路上开车一样一路顺风，没有什么障碍物。在这种情况下，他不会感到自己的生存和发展靠的是什么社会和环境，他只感到的是自己的聪明才智。有了聪明才智，在任何社会环境中都会成为出类拔萃的人物，没有聪明才智，在任何情况下也只能默默无闻，终老草野。愈是这样感受生活，他便愈益增长自己适应环境而又灵活利用环境实现自我愿望与要求的能力。他也会有痛苦和挫折，但他不会把自己的痛苦和挫折在内在意识上与社会挂钩，因为他靠聪明才智得到了很多东西，也相信能用聪明才智避免痛苦、克服困难。而在更多的情况下。他是会比别人更顺利、更风光的。总之，责任意识越淡薄，适应环境并利用环境实现个人愿望的自由度就越大，语言和行动的灵活性越高，在现实环境条件下活得也越自由、越风光。而这，就形成了才子型的人物。

对于徐志摩这类才子型的人物，批评家容易上当。有些批评家郑重其事地研究这类人的思想，在前，把他视同反革命，在后，又在他的思想中发现了好多进步的、反封建的东西。才子型的人物是依其环境而灵活变化的，什么话都是根据当时的语境为求得与它的协调而定的。假若你在现在的报纸上看到一个人提倡弘扬传统文化，便以为他正在家里钻研《十三经》和《二十五史》，给他个出国留学的机会，他也不去，你不是犯傻了吗？对于才子型的人物，这都是在他自己的环境条件下不得不说的话。说不是为了作假，但也不是为了真的去实行。你要依此定他的思想，不是冤枉了他，就是抬高了他，因为他的思想就不能用研究鲁迅思想的方法去研究。

他没有鲁迅一类人的深刻的思想，但并不意味着他的诗写得也不好。诗这个玩意儿，与思想有联系，但又没有必然的联系。它是一种语言的艺术，而才子型的人物的最大优点就是能很灵活地运用语言。他不需要多么奇特的形式，也不需要偏僻的字眼儿，更不需要高深的哲理，他就用你平常用的语言，你很熟悉的材料，你也会有的思想或感情，他就能比你说得好。你看他的那首著名的《沙扬娜拉》，你看他的《再别康桥》，有什么了不起的思想和语言呢？但他写出来了，你就写不出来！这就像炒菜，同样的材料他炒出来就好吃，你炒出来的就不行。你不能不佩服他这一点！

1993 年

山东籍作家王统照

——王统照印象

　　我是山东人，自然很注意山东籍的作家。但在新文学的缔造期，山东籍的作家是很少的。山东首先出现于新文学界的是傅斯年，是我的更近的老乡，山东聊城人。他与罗家伦共办《新潮》，起了很大作用，但他的文学成就不高，留学归国后便专治学术了。20世纪20年代还有一个山东作家杨振声，他的中篇小说《玉君》颇有影响，但他留学归国后也主要从事教育工作，没有在文学创作上获得进一步的发展。说来说去，真正在20世纪20年代有过重要贡献的山东籍作家，也就只剩下王统照一人了。

　　山东是孔子、孟子的故乡，儒家的文化势力当然是很强大的。山东人面对文化的南移，很不服气，说江南是"多山多水多才子"，而山东则是"一山（泰山）一水（黄河）一圣人（孔子）"，是很为此而骄傲的。

　　儒家文化之外，道教文化也很发达。在秦始皇、汉武帝的时候，山东的方士们便从皇帝手里骗过不少钱，长生不老药没有找到，但钱是骗到手里了。山东人用方术骗别人，但也骗自己。义和团练了气功，觉得真能刀枪不入，自告奋勇去打洋鬼子，结果把自己的小命都搭进去了。

义和团之所以如此"勇敢"，当然也不全由于信方术、气功，还有一层便是侠客义士传统。山东人的儒家传统势力大，儒家重血缘，重生儿子，越多越保险，越多越有福，多来多去，地就少了，待到穷得当当响，连个老婆也娶不上，儒家那套就派不上用场了，于是便闯荡江湖。在这些人中，大碗喝酒，大块吃肉，为朋友两肋插刀，路见不平，拔刀相助，反正自己的小命是自己的，早死一天晚死一天还不是一个鸟样。什么都可丢得，朋友义气则是丢不得的，因为在家靠父母，在外靠朋友，没有几个酒肉朋友在江湖上无法混。鲁迅说侠客义士是墨家末流，也就是说山东也有墨家文化传统的影响，《水浒传》中的英雄好汉山东人占了不少。直至现在，山东兵和四川兵是全国最好的，四川兵矮小，灵活也勇敢。山东兵则个大体壮，平时想想也怕死，但一到战场打起来了，他便什么也不怕了，把小命丢在了脑后。山东人好喝酒也不是学的李太白，而是江湖遗风。半斤酒下肚，什么怨也解了，仇也消了，平时办不成的事儿在酒桌上就都解决了。每到春节过后，家家满是酒瓶子，你到他家里做客，不灌醉你是不让你出家门的。

老百姓是这样，文人呢？文人也是先接受儒家忠孝节义的教育，待到当了官，才觉得光耍嘴皮子是不行的。这时他们便走上两途。一类是坚持儒家原则的，因为光靠劝说不行，儒家原则又不能不维护，于是在自觉不自觉间便与法家结合起来了。谁不按儒家的要求办，便用法家的办法，杀一些，关一些，管一些，老百姓便老实了。另一些人则是一些坏人，讲道德讲不来钱，当了官，有了权，便要贪赃枉法，但贪赃枉法更得用权力保护自己。于是他们也走向了法家一途，严刑酷法，结党营私，排斥异己，镇压百姓。也就是说，山东的儒家势力大，并不说明它的法家势力不大，两者倒是相互发明的。

我认为，山东的文化传统就是由儒家、道教、侠义、法家四种传统构成的。首先应当注意的，便是它缺少道家的老庄思想传统。这并不是说山东人不知道老子、庄子，没有读过他们的书，也不是说山东没有人喜欢老庄思想，而是说你要真成了老子、庄子那样的人，在山东便过不下去，它非得把你变得不像老庄了才行。在山东，儒家思想太根深蒂固了，它是讲上尊下卑的，老庄思想的信奉者虽不当官，但自视却颇高，儒家是容不得他们那种傲气的。"打打他那股傲气！"这是我们山东人好说的一句话。但老庄思想是经不起这一"打"的。他一"打"，你就卑躬屈节地讨好他，或者你当比他还大的官反过来去"打"他，你就都算不得道家思想的信奉者了，而你要既不求饶也不报复，他们也就认为你是消极反抗、态度不老实，久而久之，法家那一套也就搬出来了，瞅个机会告你个不忠不孝、目无长上，弄你到牢里坐个三年五载，你想超然也超然不起来了。至少人们还没听说谁在中国的监狱里还能作出"采菊东篱下，悠然见南山"那种悠远超然的诗句来。道家知识分子虽不做官，但经济上却也不能太穷，穷到挎个竹篮沿街乞讨，老庄的那种味也就没有了。但你又不当官又有钱，江湖义士和草野小寇便找到你门上来了，后者是抢，前者是求，穷哥们过不下去了，救济救济吧！反正是你得拿出钱来，长此以往，你的隐逸之风就维持不住了，因为你首先便没了钱。山东人少地多干旱多，经济生活难以保障，穷人一多就讲平均主义，凑合着大家都活下去，老庄一派人又不想弄权又要想保住自己的经济地位，在山东是极难极难的。

山东道教的势力大，佛教的势力小。从儒到道教只有一步之遥，当官的也不都是为了治国平天下，只是求个好命运罢了！老百姓更不用提，忠孝节义、礼义廉耻要讲，但饭还是要吃的，越是命不好，越想求神灵保佑，一旦有了天灾人祸，个人无力挽救，也就只好求助于崇拜偶像一途。佛教则不然，它否定现世人生，觉得人生痛苦不可避免，得追求最终的灵魂救赎，不但要弃绝人生，连六道轮回也要超脱。从儒家的入世到这一步，一下子可迈不过去。山东人也拜佛，但拜佛也同拜道教神灵，无非为了现世有个好报应，是实利的而非精神的。绿林好汉杀人放火都敢干，就更不信释迦牟尼了。

山东缺少的第三个传统是才子传统。儒家的人都很严肃，一本正经，不苟言笑，看不起"巧言令色"之人。江湖大侠以力立世，更不会喜欢要嘴皮子的轻薄才子。江南才子的一个重要特点是对男女两性关系的随意态度。唐伯虎月下追佳人，三笑姻缘，在江南传为佳话。山东人可容不得这个。家里有一大堆娇妻美妾，还去调戏人家的黄花闺女，在山东这是杀头的罪，有什么可称赞的？这并不说明山东人都是正人君子。中国最有名的一部性小说《金瓶梅》写的就是山东人。但西门庆与唐伯虎却不同，西门庆淫荡可不轻薄，坏也坏得像个人物。《金瓶梅》的性描写也弄得踏踏实实，实实在在，可不像唐伯虎那样虚虚浮浮，光和读者逗乐子玩。

山东人少了道家老庄思想、佛家精神追求和才子佳人传统，可就使山东文化带上了僵直干硬的特征，现实性、实利性很强，精神性、超越性不足。缺少润滑剂和湿润剂，沉甸甸的一点没有轻松感，就是人事来往、感情联系也搞得成了山东人的负担，该表示亲切的没有表示亲切，就会惹得对方不高兴，这样的感情联系还有什么乐趣？山东人的好处是严肃认真，缺点也是严肃认真，干好事认真，干坏事也认真；救人认真，杀人也认真；大事认真，小事也认真。但山东人的认真却不是仔细。山东人粗鲁，算总账不算细账，别看山东人穷，但他从来不计较零头钱。一元多钱的交易，几分钱他就不在乎了；十元钱以上，成角的便看不在眼里了。他不知要是上了亿，他的零头也就不小了。山东人老讲大概，量化观念太差，到了某些事儿上，你就受不了了。譬如镇压反革命，就是杀的百分之九十五都是坏人，可那百分之五也就够人家受的了。在这时，你才感到算总账是不行的，精确性是很重要的。

五四时期山东新文学作家少，与山东文化的这种特点是很有关系的。五四初期的文学，是靠两类人搞起来的：一、在精神上有超越性的人物。这类人物不执着于任何现成的文化标准，能在精神上重新感受和思考人生，并且敢于在精神上立异，与多数人的观念对立。鲁迅是这类人的代表。鲁迅也认真，但他的认真是比一般人更认真地直视人、直视人生，不是死抱住一种观念不放。二、思想活跃、感情丰富，对什么都不那么认真的才子型的人物。他们比较灵活，能随机应变，从不想在一棵树上吊死。今天觉得这种东西好，他就拿这种东西，待到明天那种东西时髦了，他就又扔下这种东西去捡那种东西了。郭沫若是这类人的代表。前一类人在《新青年》时期起的作用最大，新文化的产生全有赖于这批精神上勇于超越传统的人。后一类在新文化奠基之后起的作用最大，他们很快跟上来，壮大了新文化的声势。但山东人里恰恰最缺少这两类人物。由此可见，王统照之能成为新文学初期的新文学家，在山东人里已经很了不起了。

在山东人里王统照最接近新文化与新文学，但在新文学作家中他又最像山东人。他有山东农民的那种忠厚，但少江南才子的那种灵性。他开始追求爱和美，他的第一部诗集便题名《童心》，他的第一部短篇小说集《春雨之夜》也带有一些浪漫味儿，但在这方面他可比不过郭沫若、郁达夫、徐志摩这些才子型的人物。很快，他的山东人的本性就暴露出来了。事实证明，他最关心的并不是五四时期风靡一时的自由恋爱什么的，他更关心老百姓的物质生活状况。1932年他写了长篇小说《山雨》，成了他的具有代表性的作品，也是中国新文学中最早描写农民苦难生活及其挣扎反抗斗争的长篇小说作品。

它写的是一群安分守己的农民。所谓安分守己，就是说他们是按儒家伦理道德为人行事的。对父母尽孝，为子女卖力，对官府按时完粮，男女作风上都是没问题的，总之，是我们山东人眼里的一些好人，老实巴交的农民。但中国社会腐败下来，当官的横征暴敛，为匪的烧杀抢掠，官兵乘机勒索，再加上天灾人祸，使他们无以为生。开始他们也曾求助于道教迷信的方式，企图求取神灵的法力，但没有实效，才忍无可忍，离开了自己正常的生活轨道。宋大傻当了兵，由兵而官，实现了个人的"翻身"；徐利铤而走险，落草为寇，终被官兵抓获，死于屠刀之下；奚大有则进了城，逐渐接近了革命。儒家的传统、侠客义士的遗风、道教的迷信，在《山雨》里都被实实在在地写了出来。但是，小说写得还是太干，更像一个长篇的农村生活的报告文学，而缺乏由内部的矛盾冲突构成的戏剧性情节。所以它沉实但也沉闷，时至今日，除了研究现代文学史的专家之外，恐怕读它的人已经不多了。

它沉闷的原因到底在哪里呢？我认为，归根到底还是因为王统照在其审美情趣上仍然没有超越山东人所已经习惯了的情趣本身。在作者笔下，生活的逼迫使宋大傻和徐利都走上了不应走的人生道路，奚大有也只是没有丧失原有的道德信仰而已，那么，作者所感受他们的根本标准在哪里呢？还不是在农村未破产前那些忠厚农民的正常状态吗？他们的变都是被迫无奈的，都不是主动追求的结果，亦即他们在精神上都是僵死的，对人生原没有更高的理想和追求。而作者也就以这样的精神状态为基本标准，小说怎能产生精神的活力呢？没有确定的追求，就构不成与周围人的确定不移的矛盾；没有确定不移的矛盾和斗争，就展不开在偶然中蕴藏着必然性的情节；没有这种特定的情节，人物的命运和归宿就是任意的，没有历史的必然性的，因而也是不包含丰富的社会内涵的。我们看到，在《山雨》中的宋大傻、徐利、奚大有之间，谁参加革命的可能性最大呢？不是奚大有而是宋大傻和徐利。作者之所以把奚大有送上革命的道路，无非因为奚大有更忠厚老实，更得作者的同情而已。事实上，奚大有在精神上更是一个传统型的农民，更不可能参加政治革命。当然，我们并不能苛责王统照，但这确实是中国现代农村题材小说的一个通病，提出来是有必要的。

1993 年 8 月 13 日于北京师范大学中文系

他的优点也是他的缺点

——成仿吾印象

　　成仿吾是我的老校长，我在山东大学读书时，正是他掌校的时期。

　　原本我并不格外崇拜他，我是从初中就开始系统阅读鲁迅著作的，从鲁迅作品里我获得了关于他的最初印象，觉得他是一个太武断的人。

　　但在"文化大革命"期间，我成了他的"保皇派"，并因而与他有了很多直接的接触。他极少说话，也不为自己辩解，对"揭露他的大字报"似乎不屑一顾。

　　在斗争他的时候，"红卫兵小将"让他承认自己是"反革命修正主义分子"，他从没有屈服过。人们把他的头按下去，他就抬起来；再按下去，他再抬起来。因此，他多受了好多折磨。

　　从此，我对这样一句流行语产生了极深刻的印象：他从不低下他的高傲的头。

倒是在他挨斗之后，我开始对他产生了敬意。

　　大概我受了太多的鲁迅作品的影响吧，我总觉得中国人太不认真。不论什么事，都凑凑合合，敷敷衍衍，嘴上说得天花乱坠，好像决心很大，不达目的誓不罢休似的，有时甚至痛哭流涕、捶胸顿足、呼口号、写血书，但你千万别把这事儿当真。你要真的认为如此，受了感动，跟他一道去干，一到事情出现败象，他早就一股烟儿溜走了，剩下你自己为他承担罪责。到头儿来，他还会责备你不识时务，不灵活，无远见，是个呆子，并且他不论咋变，都有堂堂皇皇的理由。他要搞文学，就说精神最高贵，把钱贬得一文不值，过了三天，他又去做买卖去了，在这时你再去问他，他就会说经济是基础，搞文学没用处；今天他是群众，他就讲民主，认为凡当官的都没有一个好东西，待到他自己当了官，他又会大讲集中的重要性，认为中国老百姓还太愚昧，给他们民主他们也用不了；在他提倡西方文化时，便认为连胡适、鲁迅这班人也太传统，胡适不跟他老婆离婚、鲁迅一生都穿长袍是令人难以忍受的，待到他提倡传统文化，又会说事情都叫胡适、鲁迅一班人搞坏了，反传统是要不得的事儿……由于中国人不论干什么都觉得有理儿，所以任什么事情都难以办成。不论什么事情，都不可能不遇到一点儿困难，并且事情越是在欲成未成之际越是困难，在这时是忍一忍冲过去还是知难而退，是具有关键意义的。认真的人在这时要坚持下去，不认真的人就会转而去找轻松的事儿干。要想切切实实地办成一两件事儿，没有点认真的精神，老是在历史上打转儿是不行的。

　　成仿吾是个认真的人，做事从不含含糊糊。他这一生，干了三件事儿，干什么便实心实意地干什么，越是在困难的时候他越坚定。这三件事儿，泾渭分明，层次很清楚：一是文学，二是革命，三是教育。1928 年以前，他主要是搞文学的，是创造社的理论台柱，在张扬创造社的理论主张和在创造社的存在与发展中，他是立了汗马功劳的。但在后来，大约他与中国的文学潮流很难苟同了，便转而去搞实践的革命。他在 1927 年的国共分裂之后、共产党处境最困难的 1928 年加入中国共产党，后来便去中央苏区，是参加过二万五千里长征的两个著名作家之一（另一个是冯雪峰）。在这个时期，他便闭口不谈文学，直至去世。在陕北革命根据地，他是陕北公学的校长，一心一意办教育。1949 年以后，开始他还是中共中央委员，但后来就不是了，只剩下了政协的职务。他的办教育，才真是一心一意办教育，并不是在教育里当官和借办教育升官。开始是中国人民大学校长，后来是东北师大校长，最后是山东大学校长，像钉子一样钉在了大学校长的职务上。

　　尽管成仿吾是我的老校长，但我也不能不说，在他的认真里，还是有一点儿不那么得劲儿的味道的。譬如说，他和鲁迅都是绝顶认真的人，但二人的认真却有很大的差别。

　　鲁迅的认真是对于追求目标的认真，成仿吾的认真则更是行为规范的认真。鲁迅从留日时期开始，便觉得中国国民性应当改造，他的一生都坚持着这个目标，始终未变，但在行为规范上，他则依现实状况而定，没有个定数。他既不提倡某个固定的主义，也不把自己束缚于某一个学说。有时他是现实主义者（如《呐喊》《彷徨》），有时又是一个象征主义者（如《野草》），天高任鸟飞，海阔鱼跃，他的行为是非常自由的，但不论怎么自由，他又都指向同一个追求目标。成仿吾则不同，他的认真是把整个儿搞得很死，不但目标固定，行为规范也很固定，不论世事如何变化，他说的还是那些话，做的还是那件事儿，越弄越紧，使自己连个转动身子的自由也没有。

其次，鲁迅承认自己的追求目标的合理性，也承认其他追求目标的合理性，只要与自己的追求目标无碍，他就承认别人的追求的自由，但若与自己的目标有碍，他就在维护自己目标的原则下予以反击。而成仿吾则往往以自己的目标衡量一切，在早期，凡与创造社理论主张不合者，他就认为不是好作品，后来又用革命文学的标准衡量一切，似乎凡是革命文学都是好作品，凡是不属于革命文学的都不是好作品。鲁迅则不同，他的理解面更宽，王国维和罗振玉都是前清遗老或遗少，但鲁迅说王国维出的是真气，罗振玉出的是假气，而对王国维表现了应有的理解和尊敬，并不因他反对前清遗老而将王国维说得一无是处。

第三，鲁迅绝不以理想的东西代替现实的选择，成仿吾则往往把理想的当成现实的标准要求自己和别人。鲁迅要改造国民性，但他又绝不以他所理想的人性要求在这一目标并未实现的现实条件下的人，而是要求向这方面努力，而成仿吾一旦提倡马克思主义，便以马克思主义要求自己和每一个人。

　　总之，在鲁迅的认真里是包含着自己和别人的很大的自由空间的，而在成仿吾的认真里，则给自己和别人留下的自由活动的空间极小。因而，成仿吾的认真还更是中国传统耿介之士的认真，这种认真是做人的认真，认为人要先做到是什么样子的，才能去做事。鲁迅的认真则是做事的认真，为了做好这件事儿，我必须怎么做，而只要与这事儿的成败无关或关系甚小，一切都可以是自由的。而对于认真做着别的事儿的人，例如自然科学家，则以他自己从事的事业衡量，只要他不对自己的追求横加干涉，我是不会要求他也像我一样衡人待物的。我们觉得成仿吾总有些"左"，就是因为他的认真给人给己留下的自由度太小了。

　　但成仿吾的"左"是真"左"，而不是假"左"。对这类人我们应有相当的尊敬。

　　　　　　　　　1993 年 3 月 1 日于北京师范大学中文系

他是一个富有同情心的人

——朱自清印象

　　中国人，大概世界上的人都如此，好以富有同情心表白自己。动不动便说自己的心肠软，同情弱者，见不得人受苦受冤枉。实际上，真正富有同情心并不那么容易。孟子说"恻隐之心人皆有之"，虽然并不全错，但他没有说"嫉妒自私之心人皆有之"这同样具有真理性的话，其可信度就不那么高了。我认为，首先中国人的同情心就不那么多，只要想一想中国历史上有那么多冤案、惨案，就知道遇到真正富有同情心的人是很难很难的了。

　　朱自清为什么会富有同情心？这个问题太复杂，不是我们现在所要说的问题。我们要说的是要在他的作品中看出他的同情心来。朱自清开始写新诗，但总起来说成就不是很大，比起郭沫若、徐志摩、闻一多、冯至、戴望舒这些诗人来，他的诗只能排在二流，但在散文作品的创作上，依我的看法，他们都赶不上朱自清。朱自清的散文很得力于他的富有同情心。五四时期的作家，主观性强的多，真正能体察别人的痛苦的少，像郭沫若、郁达夫这些浪漫味很浓的作家，多是明于知己，暗于知人，把别的人写得很粗疏、很笼统。但朱自清的散文不同，他写别人写得很精很细，很能写出别人埋在心底、甚至连他本人也没有觉察到的那点悲哀来。表面看来，这只是一种写作本领，实际上，它更是一种人格，一种人的素质。

有的人，平时关心的只是自己，或者关心的只是人的表面的生活，他们不会去留意别人的那些细微的东西，你只要不向他瞪眼睛，他就不知道他多么严重地损害了你的自尊心；只要你不流泪哭叫，他就不知道你心里多么痛苦。只有像朱自清这样真诚地关心着别人的内心感受的人，才会处处留意于你的情绪，留意于你笑的时候的样子、走路时的姿态，留意于你的每一个细微的动作的意义、你的眼神的每一个细微的变化。在这时候，这些细的小的东西比那些大的表面的东西更重要，因为只有靠这些东西，他才能了解一个人的内心，才能防止自己不要在无意间损害了人的心灵，才能在别人不便开口要求你的帮助的时候主动地给他以帮助。这样长期的生活积累，才能使你对各类人的各种细微的表现了如指掌，写起来得心应手，细致而不烦琐，微妙而无卖弄的意味，自然妥帖，朴素真率。所以，这里反映的是朱自清的一颗富有同情感的心，装是装不出来的。

他早期的小说《笑的历史》，实际上也是散文类的东西，你看他把一个少妇的情绪写得多么细致自然，只有一点反封建思想的理性认识是写不出来的。他的代表作《背影》，他的《悼亡妇》等一系列写人的散文，写的都不是大灾大难，都不是没有真诚的同情心的人所能写出来的。他的写自然景物的散文，也不同于浪漫派的作品。浪漫派写自然景物写的也是自己。他自己苦闷的时候，大自然也是凄风苦雨，天昏地暗；他自己高兴的时候，大自然也美起来了，花呀草的都跟着他笑。朱自清笔下的自然景物则不是他自己，而像是一个别人。他爱它，是因为它真美，美是它自己，不是他赋予它的。他笔下的自然景物也是那么细致自然，一点也不干巴枯燥，像是处处都包着一兜水。这种效果，也不仅仅是观察的结果，你就是让我拿着显微镜在清华园观察三年，我也写不出他的《荷塘月色》来。朱自清真心地爱自然，才能写出它的细处微处的美，正像只有母亲才能觉察到她的儿子的那些细微的美点一样。

朱自清的文学评论也使我们感到他是一个富有同情心的人。文人相轻是中国文人的通病。自己的作品、与自己的风格相近的作品，怎么看怎么好，而别人的作品，特别是不同派的作品，怎么看都不顺眼。中国人又是讲要扬人之美的，他有时不得不说些别人的好话，甚至还得吹捧吹捧，但他总是说得很勉强，吹捧也吹捧不到点子上。因为他平时就并不珍惜别人的长处。朱自清的文学评论不这样，他并不故意扬人之美，但却总能把别人的美点说得很充分、很精确，一点都不勉强。他评20世纪20年代的诗，不论是闻一多、徐志摩的诗，还是郭沫若、李金发的诗，都说得很中肯，让人觉得真是这么一回事。

后来他评朗诵诗，特别强调应当怎样感受朗诵诗的好处。他就是这么一个人。他总是先从同情你的角度，努力设法理解你，然后才根据你要追求的目标评判你的优劣得失，这种评论是为了人们以后创作出更好的作品，而不是为了显示自己的高明。

朱自清是个富有同情心的人，但他却绝不是一个没有做人原则的好人，对任何人都打躬作揖，也不是一个浑身没有半两骨头的脓包，只会唉声叹气，到处诉苦求饶。他努力理解你，是为了尽量不冤枉你，体谅你的苦衷，增加人与人之间的感情交流；是为了不致对你要求过高，挫伤了你向善的努力的积极性，但却绝不是姑息养奸、纵容恶行。因此，对于社会那些不可理喻的丑恶罪行，他则绝不屈服。

1926 年，已是清华大学教授的他，亲自参加了 3 月 18 日的游行，事后他又以自己的亲见亲闻写了《执政府大屠杀记》，愤怒揭露了段祺瑞执政府残酷屠杀徒手请愿学生的罪行。中国人讲理解，好像任何事情都能通过理解取得宽容似的，这实际不再是理解，而是为自己的毫无道德心和正义感而辩解，是缺乏起码的对人的同情心的表现。像段祺瑞执政府屠杀徒手请愿学生这类暴行，是违背起码的社会法规的，国家武装的职能只能是对付武装的反抗和外民族的武装侵略，而绝不能用国家武装对付社会群众的和平请愿，要理解，也只能从理解请愿学生入手，而不能讲什么段祺瑞执政府也有苦衷，正像不能说抢劫杀人犯也有自己的苦衷一样。陈源当时以理解段祺瑞执政府的面目出现而非难请愿学生，朱自清和他的态度是截然不同的。1948年，朱自清在家庭经济相当窘迫、自己的身体衰弱多病的情况下，为抗议美国政府扶植日本侵略势力而拒绝领取低价配购的"美援面粉"，表现了一个中国正直知识分子的良知和骨气。此后不久，他便因病去世了。

真正富有同情心的中国人不多，但喜欢被同情的中国人却很多很多，所以能像朱自清这样同情别人的人很少，喜欢朱自清其人其文的人则比比皆是。因此，我觉得有必要说明，朱自清散文所表现出的同情心，其主要特征还是以弱者的身份对弱者的同情，所具有的是彼此体谅、相濡以沫的意义。鲁迅的作品也表现了对人类苦难的深厚同情，但他则是以强者的身份对弱者的同情。他同情弱者，但同时也希望弱者变为强者，能以自己的力量维护自己的合法权益。所以他的作品在"哀其不幸"的同时，更有"怒其不争"的情绪，并不原谅弱者之所以为弱者的那些弱点。秉性软弱而又爱面子的中国人，在自觉与不自觉间就会将朱自清这类宽厚、温良的知识分子与鲁迅对立起来，通过将前者理想化的方式而贬低鲁迅。但是，这绝不是朱自清的人格所自然派生的，而是满足于自身的软弱而又爱面子的人所心造的幻影。我们似乎只能这样说？假若中国知识分子觉得学习鲁迅还太难，不妨先学学朱自清！

1993 年

文学界的老黄牛
——郑振铎印象

　　从 20 世纪 70 年代开始，人们就不太爱提"老黄牛"了，但我是 20 世纪五六十年代成长起来的，对"老黄牛"仍怀有相当的尊敬，所以我说郑振铎是"文学界的老黄牛"，绝非心存贬义。

　　"老黄牛"是我国文化中一种相对稳定的意象，它是由两种不同的含义复合而成的：一、勤于耕耘，不辞辛苦地办了很多事儿；二、相对于他干的事儿来，他没有多显豁的名声。郑振铎就是这样一个人。

　　一提到文学研究会，人们首先想到的是两个人，一是茅盾，二是周作人。茅盾后来成了一个相当杰出的作家，文学研究会时期他明确地提倡现实主义和自然主义。周作人是文学研究会宣言的草拟者，是它的"黑后台"。从这两个人想下去，就想到叶圣陶、冰心、许地山、庐隐等一些著名小说家了，郑振铎是被排在后面的。但郑振铎在文学研究会的成立中却是一个最关键性的人物，叶圣陶在谈到文学研究会的时候说："其中郑振铎是最初的发起人，各方面联络接洽，他费力最多，成立会上，他当选为书记干事，以后一直由他经管会务。"（《略叙文学研究会》）文学研究会的主要刊物《小说月报》，开始由茅盾主编，从1923年1月第14卷第1期起，便由郑振铎主编，直至1927年5月郑振铎出国。1928年10月郑振铎回到上海，又继任主编，直至停刊。可以说，郑振铎是文学研究会的一根顶梁柱，是它的主要组织者。

在新文学理论的建设过程中，除了胡适、陈独秀这些新文学的倡导者之外，周作人、郭沫若、成仿吾、茅盾几人理应有较显著的地位。周作人的《思想革命》《人的文学》《平民文学》是为《新青年》时代的新文学奠定理论基础的几篇文章，郭沫若、成仿吾则是创造社文学思想的表达者。在文学研究会中，茅盾在当时是一根理论台柱，他对自然主义、现实主义理论的提倡不但代表了文学研究会的理论方向，同时也为他后来的创作规定了基调，对后来新文学的发展产生着明显的影响。但在文学研究会中，除了茅盾之外，郑振铎便是一个最重要的理论家了。在改版后的《小说月报》的首期（第12卷第1期）上，郑振铎便介绍了他正在翻译的美国莫尔顿著的《文学的近代研究》。这是一部最早影响到中国文艺理论建设的外国文艺理论书籍，其地位有类于20世纪50年代初苏联季摩菲耶夫的《文学原理》对我国20世纪50年代的文艺理论的影响。它本身在西方文艺思想史上没有很高的地位，但在中国的影响却很大。在《小说月报》第 12 卷第 3 期上，郑振铎又对现实主义（写实主义）的本质特征进行了界定。到 20 世纪 30 年代良友图书公司编辑新文学第一个十年的《大系》，《文学论争集》仍是委托郑振铎编选的。说明直至那时，人们对他在中国文艺思想史上的地位还是承认的。

在我们的关于翻译家的意识中，我们现在也不易想起郑振铎了，傅雷、曹靖华这些著名翻译家的名字掩盖了郑振铎的名字，但在 20 世纪 20 年代，郑振铎的翻译是起了很大作用的，特别是他对泰戈尔《飞鸟集》《新月集》的翻译，直接推动了中国小诗创作的繁荣，其功是不小的。

比较文学，在当前的中国学术研究中已是一个很重要的学科。在现在叙述的中国比较文学史上，吴宓、戴望舒、傅东华的名字位于前列，吴宓首先开设比较文学课程，戴望舒和傅东华分别翻译了法国比较文学理论著作，但郑振铎的《文学大纲》却是中国最早的一部有类于洛里哀《比较文学史》的中外比较文学史著作。

在中国的新诗史上，郑振铎没有更重要的地位，但在 20 世纪 20 年代，他也算一个重要的诗作者。1922 年商务印书馆印过一部诗集《雪朝》，大概它是文学研究会作家最早的诗合集，共收朱自清、叶圣陶、俞平伯等八个人的诗创作，郑振铎即是其一，并任编者。《诗》杂志是文学研究会主办的主要诗歌杂志，在 20 世纪 50 年代末俞平伯写《五四忆往》的时候，还特别提到郑振铎的《赠圣陶》一诗："我们不过是穷乏的小孩子。偶然想假装富有，脸便先红了。"可见郑振铎的诗在当时还是给人留下了深刻的印象的。

他不是中国新文学史上最杰出的散文家，但也是一个著名的散文家。他的《山中杂记》《蛰居散记》等散文集都有一定影响。现在由百花文艺出版社出的现代名家散文选集丛书中，就有一集《郑振铎散文选集》。

他同时也是个小说家。《家庭的故事》是他的以现实生活为题材的短篇小说集；《取火者的逮捕》是他的以西方神话为题材的短篇小说集；《桂公塘》是他的以中国历史为题材的短篇小说集。

新文化运动之初，新文学的倡导者便重视民间文学和民俗学的整理与研究。北京大学成立了歌谣研究会，周作人是在民间文学和民俗学研究中首先作出了重要贡献的中国作家，郑振铎则是继起者之一。他从事民间文学和民俗学研究较早，其成果散见于他的各类著作和论文集中，而1938年出版的《中国俗文学史》则是有集大成性质的一部著作。他还曾翻译过英国柯克斯的《民俗学浅说》。而他对民间文学的翻译介绍，又是与他对儿童文学的重视有关的，这些作品又都是儿童喜爱的读物，他翻译过《高加索民间故事》《印度寓言》，译述过一系列西方的神话故事和民间故事。

众所周知，他对中国古代文学的研究也是卓有成效的。除了为数甚富的论文之外，他的《插图本中国文学史》洋洋大观，是较早的一部系统的中国古代文学史著作。他是个藏书家，知识渊博，收藏宏富，由他整理翻刻的中国古代文学典籍为数众多。

与此同时，他还对搜集、整理、编选、翻印中国古代美术作品做了大量工作。20世纪30年代，他和鲁迅共同编选了《北平笺谱》和《十竹斋笺谱》，后来他独自编选的还有《中国版画史图录》《敦煌壁画选》等十余种。

在中国现代的文学编辑中，恐怕他不算第一人，也是少数几位成就最大者之一。除主编过《小说月报》之外，还主编过像《时事新报·学灯》《文学旬刊》《文学》《文学季刊》等多种重要刊物，由他编选以及他与别人合编的《我与文学》《文学百题》《中国新文学大系·文学论争集》都有过广泛的影响。他还曾主编过"文学研究会丛书""世界文库"等大型文学丛书。

……

仅就劳绩，我认为他比胡适、鲁迅一班人都大。

我们应当尊重他的劳绩，因为在中国文人中多有只想捞名而不想干活的人。他们有的想靠一篇大批判文章便蜚声文坛，有的想靠输入一个新名词便立身扬名，有的想故意胡诌一个奇谈怪论便成为批评家，有的想拉几个朋友、成立个派别、相互吹捧、哄抬物价便横行文坛。对于这样一些人，我们应当更重视郑振铎的勤于耕耘的精神。不费力就讨好的事儿世界上不是没有，但到底不多。绝大多数的事儿还是得准备下点苦功夫的。

但是，我也绝不想为郑振铎喊冤叫屈，似乎非要把他说得比胡适、鲁迅一班人更伟大才算公平合理。因为除了不想盖房子或盖好房子而获得建筑家的称号的人之外，确实还有下列两类盖房子的人。第一类是有自己独创性风格的建筑师，他们未必建了很多的房子，但每建一座都有自己的风格。第二类人是勤勤恳恳建房子的人，他们一生建了很多房子，每一座都坚固耐用甚至还美观大方，但他所建的却缺失自己的独立风格。前一类人的价值，不是以他所建的房子的总和标志的，而是以他的独立风格标志的。孔子的价值是以儒家学说的价值标志的，康德的价值是以他的哲学学说的价值标志的，鲁迅的价值是以他改造国民性的思想及其文学追求标志的，但后一类人没有这个东西，他们的价值只是他们的一个个具体劳绩之和。

郑振铎更有类于后一类建筑师。他干了很多事，但具体到每一件事，其独创性的意义则不很明显。

1993 年 6 月 27 日于北京师范大学中文系

新女性生活的探险家

——庐隐印象

　　当上帝把中国人从传统社会引渡到现代社会的时候，是男人的生活变化得大呢，还是女人的生活变化得大呢？我想，多数的人都会说：女人！如果一个魔术师用一种法术，把北京市的男人全弄回到中国的古代去，我想，被依法问斩的至多不会超过十分之一，而若把北京市的女人弄回去，被打入水牢的至少也得十分之九（假若那里的男人不被她们的妩媚所惑而坚持自己的道德原则的话）。实际上，"五四"以后的人性解放，女性解放的成就远远比男性解放的成就大。现在的人好喊"阴盛阳衰"，女性与传统社会的大不一样了，而男性还是那副德性，怎能不"阴盛阳衰"？

　　但正因为女性的生活方式变化得极大，她们在这一过程中付出的牺牲也更大。大约也正因为她们付出的牺牲更大，她们的解放的成就也更大。

　　在中国传统的社会里，女人只是家庭中的成员，社会上则没有她们的地位，社会只是男人的，是个单性的社会。中国进入近现代社会以后，中国知识分子的视野宽广了，看到了西方的社会。西方的社会是由两性组成的，并且觉得比中国社会进步。于是他们提倡男女平等，试图把女人吸引到社会上来，把中国社会也变得像西方一样是由两性共同组成的。不然，中国多丢面子，多么落后，并且也觉得很对不起女性似的。于是，他们办了几个学校，对女人们说：来吧！男女平等了！以后中国的事儿咱们两性都得管，你们也得负起社会的责任来！你们也可以到社会上来出头露面！但是，中国女性的解放并不是女性自己提出来的，也不是原来女性就已经在社会中有了相当重要的地位，而是中国的男人们觉得应当如此。至于中国的女性只身一人来到社会上怎样生活？会遇到哪些问题？以及受了教育的女人能起到哪些男性根本起不到的作用？她们将怎样在原来由爷儿们占据的社会上找到自己的安身立命之处？这对女人来说是至关重要的问题，男人们是不会想得那么清楚的。再说，中国刚刚学西方，他们自己也被搞得懵懵懂懂的，连自己的命运都把握不了，怎么会给女人们想得那么周到！

在"五四"男女平等的旗帜下进入社会的有两类女性：一类可以由冰心做代表。这类女性有一个温暖的家庭，较充裕的经济条件。既然社会观念变了，女子也有受教育的权利了，并且受了教育比不受教育要受社会的重视与尊敬，父母也乐得女儿受教育，哪个父母愿意自己的爱女仅仅当一辈子丈夫的附庸，窝窝囊囊地过一辈子？这类女性到了社会上也会遇到各种形式的困难，但到底背后有一个稳定的后方，进可攻，退可守，心里踏实些，行动也从容些。她们有更多的心思关心社会的普遍问题，从事自己的专业。

第二类则可以由庐隐做代表。这类女性没有一个温暖而开明的家庭，或因不愿接受父母的约束，或因逃避不称心的婚姻，或因向往一种独立自由的新生活，她们来到社会上。但这一行动的本身，便意味着对自己家庭的背叛，不论在实际上和在心理上，她们都已没有退路。背水一战，是到社会上来做人生探险的中国女性。在她们走上社会的时候，还没有一个明确的意识，不知道她们将遇到些什么，将有什么样的命运，将有如何的生活发现。"地球是圆的，一直向前航行一定能够再返回欧洲！"这是哥伦布的逻辑。她们的逻辑也与哥伦布的逻辑差不多："做现代的新女性一定比传统的旧女性有更幸福的前途！"

但人生不是由单项判断构成的。她们从旧家庭走出来，先到学校中受教育，开始也颇为惬意。多么广大的世界，多么新鲜的知识，简直使她们陶醉，使她们如入仙境。想起那些儿时的女伴，一个个无知无识地做了人家的媳妇，怎能不为自己庆幸，为自己自豪！学校里有众多的女伴，朝夕相处，欢欢乐乐，亲亲热热，想起那"守着窗儿，独自怎生得黑"的孤独单调的闺中生活，怎能不觉得幸福，感到愉悦！自由恋爱，在当时中国的社会上，更是"女学生"的特权，梁山伯、祝英台曾是中国历代女子所心向往之的恋人形象，但现在，梁祝那种恋爱又哪能与她们相提并论。写情书，赴约会，月下谈情，花前盟誓，幽径散步，明湖泛舟，坦坦荡荡，大大方方，怎不使天下女子神往？在过去，男性是天然的领导者，女性是天然的被领导者，她们多么崇拜那些果断勇毅的男性领导者，但现在，她们也参加各种社会运动，也能成为组织者、领导者了，领导游行，组织活动，外交联络，召集会议，她们自己也对自己的这种社会活动能力感到惊异，"我并不比男的差"的男女平等感油然而从内心升起……但是，岂知在当时的社会上，学校对于她们只是一个诱饵，它几乎是唯一按西方男女平等的原则组织起来的社会机关，几年一过，她们就要毕业了。对于一个男性青年来说，他们的事业刚刚开始，而对于她们来说，似乎一切都结束了。一个险恶的、荆棘丛生的社会在等待着她们，她们没有有权有势的家庭做后盾，没有充裕的金钱做基础，她们必须在一群群爷儿们把持着的社会上独立谋生，并且多数是一些封建遗老、遗少，从不把女性视为正经八百的人的爷儿们。身后是峭壁，面前是大海，前途何在？幸福何在？

不难看出，这就是庐隐的《海滨故人》所要表现的，也是庐隐亲身体验的。它使她蜚声文坛，成了与冰心齐名的著名女作家。

社会，对于当时的女性是一个新的国土，爱情，也是为她们新开的疆域。在中国古代，女性是难以说得上有什么爱情的。"爱你的丈夫！"这就是社会要求于她的。现在，爱情才成了自由的，真正的。它曾经使五四时期的女性心向往之，是她们美丽梦幻的源泉。在她们的想象里，爱情就等于幸福，幸福就等于爱情。但岂知爱情这个词儿本身就带有罗曼蒂克的味道，尤其是在五四时期的青年女性心目中，爱情就是爱情，是人类的一种感情体验，它与幸福并不是同一概念。说爱情等于幸福与说爱情等于痛苦有相等的真理性。在封建传统很强大的社会上，恐怕说爱情就是痛苦比说爱情就是幸福更确切些。

在这里，庐隐也是一个探险家，她必须下到中国女性没有下过的爱河里去，不论当中会遇到什么激流险滩，因为叛逆了家庭而又必须在社会上独立谋生的她，必须得有一个深深爱她的人做她的伴侣，才能慰她在茫茫人海中感到的孤独和寂寞。她和郭梦良相爱了，结婚了，但爱情并没有给她带来幸福。郭梦良是个有妻室的人，庐隐的爱情使她成了中国现代史上的第一个女性"第三者"。郭梦良的全家都对她当面侮辱，公开谩骂，他的前妻甚至对她拳打脚踢；她自己的亲属也都鄙弃她的行为，整个社会都对她加以攻击嘲骂。爱情，给她带来的痛苦比幸福要多得多。郭梦良患急性肠胃病去世了，她痛苦，她孤独，用酒浇愁愁更愁，整日用酒精麻醉自己的神经。

不知上帝是有意成全她呢，还是有意惩罚她，后来，又让一个比她小得多的小青年李唯建爱上了她。在中国，七八十岁的老头子娶个二十多岁的大姑娘人们不觉得多么不顺眼，但一个三十来岁的半老徐娘嫁给一个二十来岁的小青年可就难以接受了。庐隐又一次在寂寞干燥的中国社会上添了一点水分，增加了一个闲谈的话题。就是庐隐，也难以心情平静地接受这份爱情，但她越是在理智上拒绝它，她的感情越是紧紧地攫住它。《云鸥情书集》是她和李唯建的情书集，也是他们心灵挣扎的记录。后来他们结了婚，但社会舆论的阴影和习惯心理的梗阻是不可能不影响到他们的婚后生活的。

1934 年，庐隐因难产死于上海大华医院。她在人世间只度过了三十五个春秋。

探险家的作用是以自己的尸体指引后来人的道路。

她是第一批走到社会中来的中国女性，她是第一批以爱情为原则独立寻求异性伴侣的中国女性。她是自己家庭的叛逆者。她曾经与原来未婚的丈夫解除婚约，她曾经与一个已婚男子结合，成为"第三者"，她曾经与一个比她小近十岁的小青年结婚。当然，她还是中国新文学最早的著名女作家。一个现代女性所可能遇到的她几乎都遇到了，一个中国现代女性所可能尝到的人生的酸甜苦辣她几乎全尝到了。所以，我视她为新女性生活的探险家，她的作品就是她人生探险过程中的心灵记录。有了这份记录，中国男性可以对新的女性多一分理解，中国女性可以对自己前面的路多一分了解。男性多点理解，女性多点了解，社会上对女性的容纳空间就会大这么一点，宽这么一点，现在我们看到的这个已经很庞大的女性社会网络，是与这些早期的探险家有极大关系的。当然，这并非说中国女性的解放已最终完成，而是说中国女性解放的成就是巨大的。

一个探险家当其探险过程并未结束之前，更像是一个自我历程的实录者，还不足以成为完整意义上的作家。作家要对自我的经历有一个更完整的认识和一个更统一的感受，对它有一个观照的距离，但庐隐在其过程中就死去了。她不再可能像普鲁斯特一样写出自己的《追忆逝水年华》，她的作品还都是自己的一些即时性的感受。没有距离，就无法提炼，她的作品热情、直率但缺乏应有的提炼，缺乏思想的厚度，缺乏隽永的韵味，其原因概在于此。

但我们不能责怪她，正像不能责怪一个死于战斗过程中的战士没有作出描写这场战斗的伟大的诗篇一样。

1993 年 6 月 25 日于北京师范大学中文系

东方老憨闻一多

——闻一多印象

闻一多在清华大学上学的时候，便有一个绰号叫"东方老憨"。这也颇能概括我对他的整体印象。

在《现代才子徐志摩》文中我曾谈到才子型的人物，并认为对此类人物不能谈什么思想，因为他们其实是没有什么思想的。有思想的人往往不灵活，因为他不能在时时处处都以成功为原则，而应顾及自己前后思想和行为的一贯性。才子恰恰是以成功为原则对待每一个具体行为和环境的，他们必须随时变化自己的思想和理论。但在有特定思想追求的人中，又有两类人。一类人是能对自己的思想和理论持相对超越性的自由态度的人，一类是不具有这种超越性的人。

前一类人有两个特点，其一是对思想理论的追求与现实的实践原则的区别有明确的意识，二者相互联系但永不等同。中国人好讲言行一致，实际言行一致只在极其有限的范围中才是有效也有益的。任何思想和理论都是经过对现实的净化处理的，并且对现实有其超前性的特征，即使最真诚地坚持着这种思想理论追求的人，也不可能在现实中将之付诸完整的实行。鲁迅一生都坚持着自己改造国民性的思想，有的人便用鲁迅这种思想要求鲁迅本人，觉得他自己也没有完全做到，于是就认为鲁迅这人太虚伪，不够伟大。实际这种要求是极不合理的，大概这恰恰是鲁迅比我们伟大的地方。他不以自己的局限性限制自己的认识，使他的认识大大超越了现实许可的范围，才使他的思想具有更为长久的生命力。他的行为原则仅仅在其倾向性上最大程度地贯彻了自己的思想，而不是他的思想的完整体现。康德、马克思、尼采、萨特这些杰出的思想家都只有在这种情况下才最充分地发挥了自己的认识能力。其二是对思想理论追求与对一般的人生追求的差别有明确的意识。思想理论追求只是一个人全部人生追求的一种，为了这种追求他有可能在必要的时候放弃其他追求，但在不与这种追求直接对立的范围中，他也不轻易放弃别的追求。鲁迅坚持国民性的改造，这是贯穿他一生的主要追求，但这并不意味着他不谈恋爱，不去赚钱养家糊口，谁要认为他这些行为都不高尚、不伟大，那是别人的事，他是不会理会的。

但第二类人就不同了。他们太把中国人宣扬的"言行一致"看得认真了。他们提倡和宣扬的，就自己也亲身去干，而对自己干不到的，就不敢说不敢讲。这样，就把自己捆到他们的理论中了，也把他们的理论限制在现实许可的范围中了。他们不但比才子型的人缺少灵活性，就是比鲁迅一类有执着思想理论追求的人也缺少应有的灵活性。闻一多就是这样一类的人。这类的人在人格上是很好的，诚实可靠、刚正不阿，不向凶恶的势力妥协，他们的作品也有一种人格的力量，有独立追求，有特异风格，但在人生活动中缺乏应有的灵活性，往往以太大的牺牲而只收到与这种牺牲极不相称的效果，在创作上路子也不够宽，像一些本色演员，只能演好一种类型的人物。

闻一多一生经历了三个阶段：诗人、学者、战士。

作为一个诗人，他是中国现代文学史上少有的几个优秀诗人之一。《红烛》是他早期的诗作，还不够成熟。他的好诗都集中在《死水》一集中。《死水》中的诗，很有张力，形式上也很美，是其三美（音乐美、绘画美、建筑美）主张的具体实践。但他把三美看得有些太死了，影响了更多方面的探索，这类诗写得多了，也就显得有些单调。徐志摩的诗就活泼得多，各种形式都写，《沙扬娜拉》是小诗，《再别康桥》是静物画般的景物诗和抒情诗，《婴儿》是散文诗，《火车擒住轨》是带有一些现代性特征的诗，还有一些方言诗。各类诗中都有比较好的作品。就是鲁迅，路子也很宽，《呐喊》《彷徨》不同于《故事新编》，《野草》不同于《朝花夕拾》，杂文中更包括了多种文体形式。鲁迅提倡"为人生"的艺术，但并非说篇篇都有明确的人生目的，为人生只是一种总趋向。

作为学者，他的"东方老憨"的性格使他成了中国现代社会的一个卓有成效的学者，为中国古代文化的整理和研究作出了巨大的贡献。他从唐朝的诗歌研究起，一步步向更早的时候追溯上去，直到《楚辞》，直到中国古代神话。但是，他的研究也不是没有局限性的。他之所以从事中国古代文化的研究，一开始便建立在一种并不稳固的基础上：发掘中国古代文化中的精神宝藏，让中国现代人从中国古代文化中汲取伟大的精神力量。这一目的看来是很好的，至今有很多学者把这一目的作为自己从事中国文化研究的思想支柱。其实，研究就是研究，既不是为了从中发掘美的东西，也不是为了从中搜罗丑的东西，而是为了把握它的整体面貌及机制，正像人体解剖是为了解人体内部的构造及其机制一样。在这整体的客观认识的基础上，它的美的和丑的、优秀的和落后的东西是同时呈现在我们面前的。这时，一个学者既能找到中国古代文化取得各种成就的原因，也能看到后来日趋没落的根源，对于中国现实社会中的一切现象都会有一种更深入、更细致的了解。

恰恰因为闻一多先生在主观上就仅仅为了发掘古代文化的优秀精神和伟大力量，当现实的丑恶逼使他不得不正面直视它的时候，他才更加感到愕然，感到震惊，感到难以理解，从而便发生了一种断裂性的思想变化。我们看到，鲁迅的思想也随着现实状况的变化而变化着，但他从来没有发生过断裂性的变化。他重视对中国传统文化的批判，但当他写作《中国小说史略》的时候，却并不立足于批判，而立足于认识，认识中国古代小说从发生到古代史终结时的演变过程及其自身的轨迹。就在这种客观认识的基础上，你既能了解到它的成就是怎样取得的，也能了解到五四小说革新的必要性。

1938 年 2 月 19 日后，闻一多随同师生一起从北京步行到昆明，一个强烈的爱国主义者忍受着剧烈的亡国之痛，在抗日战争期间坚持着自己诚实而又辛勤的教育工作。但腐败的官僚却乘机发国难财，使人民原本痛苦的生活愈加痛苦，就连闻一多自己，也无法维持自己的家庭生活，只好业余给人刻图章赚些钱勉强维持生计。在这时，他的现实感受与他的中国古代文化的研究路向发生了尖锐的矛盾：中国古代文化的伟大精神没有保证中国在近现代不沦为帝国主义的殖民地，没有保证那些官僚们在国难当头的时候团结御侮，没有保证中国老百姓过上和平安定的幸福生活，甚至也没有能保证他这样一个勤劳的真诚爱国主义者不陷于穷困潦倒的地步。他愤怒了，激动了，从而对中国古代文化由希望而走向失望，开始抛下他用惯了的笔，而投身到实际的社会斗争中去。

现在可能有些知识分子为他惋惜，为他后悔，但我认为，一个知识分子既是一个精神劳动者，也是一个社会公民。当一个知识分子连一点公民意识也没有，当他连一个公民应得的起码权利也得不到却能安之若素地欣欣然在斗室内著书立说，他的"书"、他的"说"的精神价值到底能提高到何种层次上呢？我觉得，闻一多正是一个有真诚的愤怒和正义感的伟大的中国公民。

但他却被暗杀了。

假若我还能在崇敬之余提点批评意见的话，那就是我觉得闻一多由于对自己后来的思想转变没有充分的思想准备，故而显得有些焦躁。他太专注于一个目标，当要研究中国古代文化时连新诗也不写了，几乎失去了与现代文化的所有联系，并且愈是往里钻，愈觉得宝藏累累，为其伟大成就而震惊，岂不知这时他已经丧失了整体感。待到现实的感受与自己原来的目标发生了矛盾时，他的内在情绪就容易焦躁不安，从而由赞颂转入失望，由学者完全转化为战士，对自己的学者生涯失去了应有的价值估价。鲁迅对自己的人生转换就有更多的从容，他一开始便对中国社会改造的艰难性有极充分的认识，所以当社会的恶变来了，他并不感到格外的出人意料。这样，他就从容些，在岔路口蹲一蹲，歇一歇，想一想，对新的选择有个较为明确的意识，遂寻找一个自己能更多驾驭自己的相对自由的空间，确定一种能以较少的牺牲争取较大效果的从业方式。他在从事文化活动时也未曾淡漠自己的公民意识，所以在他从事社会斗争的时候也不觉得自己的文化追求毫无意义。总是在具体的社会斗争中发掘其普遍的文化上的意义，并认为这种文化上的解剖比反对一个具体的目标具有更重要的意义，而这也就是作为一个中国知识分子的最高良知。有了这，他不希求震骇一时的牺牲，对谭嗣同、秋瑾那种以勇于牺牲而唤醒民众的传统方式持冷静的分析态度。

鲁迅和闻一多都是严肃认真的人。

但鲁迅比闻一多冷峻，闻一多比鲁迅憨直。他是一个"东方老憨"。

1993 年 8 月 16 日于北京师范大学中文系

老舍一死惊天下

——老舍印象

　　说句老实话，除了小学语文教我认了许多中国字外，学校语文课并没有教给我多少语言和文学的知识。我通过语文课知道的中国现代文学作家只有两位：一是老舍，二是臧克家。我学的初中课本上有老舍的散文《我热爱新北京》和臧克家的诗《有的人》，由此对这两个作家有了深刻的印象。"北京，刮风是香炉，下雨是墨盒子。"这句话是如此深刻地留在我的脑海里，致使四十余年以后的现在，还记得当时读到这两个比喻时的惊喜——在语言技巧面前人所可能感到的惊喜。

　　不知为什么，此后我对老舍的作品并没有产生更大的兴趣。在初中，我只读过他的两个剧本：《龙须沟》和《西望长安》。《龙须沟》给我的印象很好，但《西望长安》却毫无印象。《骆驼祥子》记不清是什么时候读的了。一直到正式从事现代文学研究，我对老舍的了解也只有这么可怜的一点。后来，出于扩大中国现代文学知识的需要，我才读了他的《老张的哲学》《赵子曰》《二马》《小坡的生日》《离婚》《猫城记》《无名高地有了名》等作品。北京人艺演出的《茶馆》帮助我重新认识了老舍在中国现代戏剧史上的地位，我看过三遍他们的演出，可谓百看不厌。《四世同堂》可说是我看过的由中国现代小说改编的电视连续剧中最好的一部，但也因此而没有下决心去读这部长篇大著。时至今日，还有很多老舍的重要作品没有读，这对于一个现代文学研究者来说，不能不说是一个失职的行为。

老舍作为一个作家是早就被人所熟知的，但到知道了他的死讯，才给了中外学者一个大的惊讶。王以仁、朱湘的自杀，谁也不会感到奇怪，甚至像胡风、冯雪峰、丁玲、艾青、周扬这类人要是在自己命运不济之时自杀身死，也不会有人感到难以理解。而老舍，这样一个人缘极好、笑脸常开、几乎在全世界都找不到一个真正恨他的人的老舍，一个在20世纪50年代就被命名为"人民艺术家"的老舍，竟在"文化大革命"刚刚开始之际便自沉湖底，实在是令人百惑不解。

但是，说怪不怪，假若从事后诸葛亮的角度，我认为，老舍的自杀也是完全可以理解的。

老舍是个北京人，是个旗人的后裔，是个下层贫苦人家出身的知识分子，并且有了广泛的世界知识。我认为，仅从这几个因素，就能够理解老舍当面临莫名风暴的袭击时，其自杀是有其必然性的。

满族人入主中原，从现在看来是中华民族自身的矛盾，但在那时却是两家人的事情，是满族人用武力征服了汉族人，成了汉族人的统治者。这原本是汉族人的一个大耻辱，但这个耻辱终于被汉族人吞到了肚子里，并在后来改称了"我们的大清帝国"。在由抵制到接受再到以自己人相称的过程中，儒家文化有其独特的作用。儒家文化也是在周灭殷之后由殷人的后裔孔子创立的，他那时已经淡忘了是谁用什么方式取得了对自己国家的统治权，重视的是现实国家政权怎样治理的问题。满族入关，取得了对于中国的统治权之后，也面临着一个怎样治理的问题。在这时，聪明的汉族知识分子极力向满族统治者推荐儒家文化，这样既可以到满族政治统治机构中去做官，也能不违儒家"修身、齐家、治国、平天下"的人生原则，可谓不费力又讨好的事情；而聪明的满族统治者也终于接受了这些汉族知识者的建议，因为这是有利于他们政权稳固的英明举措。这就是我们现在引以为自豪的用中国文化同化了满族文化。在这种情况下，中国文化发生了一个非常有趣的变化：满族人成了中国儒家文化的最真诚的信奉者，而汉族人却往往对儒家文化采取一种阳奉阴违的态度。

这种现象并不是难于理解的，中国的老百姓并不管你的什么文化，他们重视的是自己的吃饭穿衣问题，种地纳粮、生儿养女，只要过得下去，什么文化不文化，他们不想管也没有能力管。重视文化的是汉族的知识分子，而他们是知道点中国历史的，是亲自侍奉满族统治者的。他们之对不同于自己的满族人打躬作揖、执臣子之礼，并不完全出于自己的心愿，说到底只是没法子的事情。掘出他们的内心来，假若不是为了自身的发展，为了目前的利益，他们是不愿在满族人面前称臣的。在这里，有两种不同的心理起着关键性的作用：一是寄人篱下的委屈心理，一是由自我安慰而生的愚弄主子的心理——名义上为你，而实质上为我。这实际也把儒家文化放到了被愚弄的地位：名义上是遵奉儒家文化的，实质上只把它作为自己的一种谋生手段。

与此相反，满族统治者倒对儒家文化要忠诚得多，因为在现实条件下，假若人人都遵从儒家伦理道德的限制，对自己的统治只有好处而没有坏处，即使对自己也有所限制，那也是为了自己政权的巩固，为了自己的长远利益和集体利益。至于他们对汉族人民反抗斗争的镇压，那也是因为这些"暴民"首先破坏了"君臣、父子"的伦理信条，与自己对儒家文化的忠诚没有矛盾，是为了维护儒家伦理道德所不得不做的。在这个过程中，满族人带着自己的"忠诚"读儒家之书，习汉家之礼，由"蛮"而"雅"。他们的认真，是大大超过了汉族人的。假若说满族文化仍是一种独立的文化，那是因为它是较之汉族更认真也更纯粹的儒家文化。汉族人对自己的文化、对儒家的礼仪形式，往往是很随便的，是做给人看的，因为自古以来儒家文化只是中国文化中的一种。中国人为了自己各种不同的需要可以随时采取不同的文化价值标准，而满族人却像一个过于认真的学生一样，只学到了老师的一种主要本领，并把这种本领当成了唯一的一种本领。

我们看到，满族人的客气，满族人的有礼貌，满族人的温文尔雅的态度，是大大超过普通的汉族人的，假若用儒家伦理道德的标准衡量，他们更有儒家之风。到了老舍的时代，满族的汉化已经完成，这种汉化就是儒家化，就是把儒家的礼教制度和家庭制度作为自己的行为规范和道德规范，一个满族儿童是在这样一种标准下受教育的。只要我们不仅从思想主张而主要从待人接物的方式思考老舍，我们就会发现，在中国现代作家中，老舍是少有的几个有儒家之风的人物。他的温和，他的谦恭，是其他人所不可比拟的。

儒家文化帮助了满族人但也毁灭了满族人。在开始，儒家文化对于巩固他们的政治统治起了关键性的作用，但在外国帝国主义的入侵面前，他们的软弱性就暴露出来了。满族人在入主中原以前是异常强悍好战的，有赖于这一点它才征服了汉族人民，成了整个中国的统治者。在那时软弱可欺的是汉族人，而汉族的软弱可欺不能不说与儒家文化的统治有着莫大的关系。秦、汉至唐，儒家文化都还没有定于一尊，汉族知识分子也不一定只以温文尔雅的儒风而名重于世。儒家文化在汉族知识分子中定于一尊是在宋代的事情。而从宋代开始汉族的政权就进入了软弱无力的时期，它的力量对付本国民众绰绰有余，对付外来侵略则屁事不顶。这里面的原因并不难于解释：礼，是处理内部关系的准则，对于不承认它的规范的外族人，它不具有约束力量。对外来侵略，必须以力对力。儒家文化只讲礼，只讲上行下效，只讲温文尔雅，把一些只会做八股文、试帖诗、讲经论道的知识分子乱堆成一个政治统治集团，对付外来侵略这一套就不中用了。

满族人入关之后，雅了起来，但也弱了起来，外国帝国主义侵略到中国来了，它也像原来的大宋王朝面对蒙古人的入侵一样一筹莫展，软得像一摊泥，其政权也就难以自保了，终于在孙中山领导的民主革命中丧失了自己的政权。这个过程对满族人的心理所造成的影响是深刻的，从强悍有力的一个民族到在温文尔雅中丧失了政权，既有由蛮而雅的满足感，也有由强到弱的困惑感，特别是在五四新文化运动之后，像老舍这样的满族知识分子，就不能不思考自己民族由强到弱的原因。这个话不好说，但心里是清楚的：儒家文化软化了自己民族的筋骨。只是虽然明白，自身的性格却也难以改变了。老舍一生都感到自己的软弱，不满于这种软弱，但却无法摆脱自己的软弱。他在自己作品中最同情的是那些软弱无力的人物，但他又不满于这些人物。

在中华民族近代的屈辱史上，满族人同汉族人也会有不同的感受。中国的儒家文化把统治者捧到了国的持有者的高度，同时也把国的全部责任放在这少数人的肩上。老百姓在国内无权，他们也不认为对亡国丧权负有什么不可推卸的责任，连汉族知识分子也往往理直气壮地讲鸦片战争以后的屈辱历史，甚至带着一种张扬夸大的倾向，其原因就在于他们在潜意识中就觉得这只是少数满族统治者的责任，并不是自己的耻辱。满族人则可能有不同的感受，他们没法摆脱自己民族对中华民族近代屈辱史的责任，但同时也会感到整个中华民族在外国侵略者面前的涣散无力。这使老舍对中国国民性的弱点有更强烈的感受，只要我们读一读他的《四世同堂》，我们就知道他是怎样看待整个中国近代的屈辱史。他不把其中的原因全放在少数统治者个人的责任上，而把少数统治者的表现也视为整个中国国民性的一个有机组成部分。

与此同时，老舍作为满族知识分子，对中国国民性的表现又不同于汉族知识分子的鲁迅。老舍的心理更复杂，他在国之内，但又极易被汉族人排斥在国之外。他比汉族知识分子更难在自己的国家中找到自己确定的位置。他不能像鲁迅那样理直气壮地抨击中国的国民性。他总是把对中国国民性的失望包裹在自己温和的微笑里，包裹在近于不太认真的态度里，并且从不忘记给中国文化留下足够的虚荣心。如果说鲁迅因执其一端而使自己成了一个始终如一的思想家，而老舍则常常游移于两端，把自己内在思想的统一性放在了一个模糊混浊的外在表现形式中，你没法断定哪一部分是他的肺腑之言，哪一部分只是他的应酬之辞。他只敢与国人之敌为敌，但却不敢与国人中的个人为敌。在他的外在表现中，他是一个老好人，没有鲁迅那种对人说"否"的勇气，他把对别人的真实想法藏在了内心深处，但不是出于害人之心，只是为了维持良好的个人关系。在汉族人居绝大多数并且他们把中国视为自己的国的环境里，老舍的这种表达方式大概也是唯一有效的表达方式。

满族入关，满族人在名义上是统治者，但满族人与满族人也是不同的。越到后来，越有更多的人流落到社会的底层。如果说满族的贵族集团是在自己的根本利益有所保证的情况下讲礼仪、重人缘的，而满族的平民阶层则没有这种保证。他们落在广大汉族群众之中，成了既外于这个阶层又内于这个阶层的少数人。因为他们不是汉族广大平民群众中的一员而又与他们同处于社会的下层，需要与汉族群众搞好关系，所以他们对儒家所提倡的礼仪关系就愈加重视，因为这是他们与汉族群众相沟通的唯一形式。但不论他们多么真诚地遵奉儒家文化的礼仪原则，在汉族群众和他们自己的观念中二者仍是有区别的，是自己人与外人的关系，而不是自己人与自己人的关系。同样的命运使他们相互同情，人生的矛盾也使汉族人把在满族统治底下的卑屈感受发泄在他们身上，汉族人中的强暴者则能利用这种民族矛盾对他们进行巧取豪夺，他们较之同样的汉族人更无抗争能力。这在他们失去了全国政权的特殊庇护之后不更是如此？

老舍就是这样一个从底层出身的满族人，并且生活在北京这样一个各阶层杂处的城市社会中。老舍的这种社会出身，使他的重人情、讲礼仪有与其他人不同的本质。老舍的重人情、讲礼仪是自卫性质的，他希望自由，不愿把人裹在重重礼仪的外表之中，但他不愿加害于人，更不愿别人加害自己。他是自抑的，宁愿委屈自己，也不愿伤害别人，因而他处处考虑对方的心理，以对方所乐意的方式对人。这种自抑性格使他把委屈留在自己的心里，永远有一种忍辱负重的感觉。没有这种性格，一个像老舍这样的穷苦人家的孩子，无法在中国的社会中生存，更无法得到周围人的同情和帮助。他与梁实秋的根本差别在于梁实秋从小无求于人，他的礼仪是自身高雅的标志，是做人的标准，所以他自己遵守之，也要求别人遵行它。梁实秋文质彬彬，但他不自我抑制。他的雅是贵族精神的雅，是他做人的根本。老舍的雅是自保形式，不是他做人的根本。他的做人的根本是为自身生存而做的各种努力，人情关系只是使别人不致妨碍这种追求的必要形式。

在为生存所做的努力中，是没有雅俗之分的，所以他同情祥子（《骆驼祥子》）、同情为生存而卖身的妓女（《月牙儿》），他的真正的爱、真正的同情是赋予这些人的，并且对他们的尊敬远远超过他表面尊敬的高雅的知识分子。可以说，这些人就是他自己，他自己就是一个忍辱负重、为了自我的生存和发展默默奋斗、艰难挣扎的人。他知道，离开了这一切，他就是一无所有的，整个世界就是冷酷无情的。但也正因为如此，他很看重别人的恩情，因为别人对他的任何好意都是人情的表现，都是不必付出的。对无辜侵害他的人，他抱有本能的畏惧和本能的憎恶，因为他们能轻易毁灭像老舍这样一个穷苦孩子的一生。在中国现代文学史上，没有一个人，这么典型地体现了在中国社会一个孤苦无助的穷苦孩子的世界观和人生观。它的基本特征是：只求别人不无故损害自己，其他的一切只能依靠自己个人的痛苦挣扎和默默地追求。

北京是一个文化古都，但又是一个文化怪物。在中国的任何一个城市中，都不像北京这样把中国社会的几乎全部阶层集中在了一个相对狭小的空间。在这里有至尊的皇帝，也有最贫穷、最卑贱的乞丐。他们生活得如此之远却又如此之近。没有任何一个城市的人像北京的人这样敢于蔑视皇帝，不把皇帝想象得那么神秘、那么高贵。各种小道消息每天都从皇宫里面流到北京市的大街小巷。那是一个如何吃饭穿衣、如何发脾气打喷嚏、如何与女人睡觉的皇帝，一个与自己一样有着七情六欲的皇帝。各种揶揄皇帝和王公大臣的笑话就从北京市的各个黑暗的角落里蒸发出来，但你又不知道它们的作者是谁。这些笑话有些油滑，但油滑之中又有严肃得不能再严肃的内容，它把最严肃的油滑化，又把油滑的严肃化，成为一门独立的艺术和独立的审美形式。

与此同时，又没有任何一个城市的人像北京市的人一样娴于礼节、善于应酬、态度谦恭、语言亲切。它的男人的话比女人的好听，男人的礼数比女人的周全，男人的态度比女人的温和，因为男人要进入各阶层杂处的社交界，一转脸就可能遇见一个能致你死命的官僚，一抬头就可能撞上一个有势力的流氓。他得练就一身随机应变的本领，才不至于两句话便栽到泥坑里去。他可以在心里骂娘，但在脸上必须有着谦恭得对方挑不出毛病的笑容。这两者是如此紧密地结合着，以致它构成了一种独立的个性。正因为他不把你当成比他更高贵的人，所以他必须满足你的爱面子的虚荣心，他以谦卑的形式表示自己的高贵，又以自己的高贵增加自己的谦卑。不到自己忍无可忍的程度，他这种谦卑态度是不会从脸上消失的。也就是说，北京市的一般市民，从语言到表情，都是艺术化的，并且有与别的城市迥不相同的独立艺术风格。这种艺术风格的总特点是：以最谦卑的形式表示对你的轻蔑。在北京，谁要把达官贵人真的当成高尚无私的人加以尊敬，谁就是一个"傻帽儿"；但谁若因为这内心的不尊敬而失了应有的礼节，从而招致杀身之祸，谁就是一个更大的"傻帽儿"；因为这是他不会为人处世的表现。北京人不崇拜达官贵人，不崇拜自己，也不崇拜失败的英雄。你得学会自己看人，不要把对方想得过好，知道人人都是差不多的人；但你也得学会待人接物，知道怎样才能免祸求福。

老舍就在这样一个环境中出生。从他后来的作品中所描写的形形色色的人物，你就能知道他生活在一个多么复杂的人生环境中。在这个环境中，他和他的家庭都处在毫无权力可言的地位，他无法靠权力在这个世界上生存，一切权力都足以构成对他的生存的威胁。他是满族人，他的家庭是沦落为贫民的满族家庭，他早年丧父，只靠体弱多病的寡母维持一家的生计。老舍从小就被赤裸裸地扔在这样一个文化环境中，他的一切最严肃的追求都只能通过这个文化环境而实现。不了解这个环境、不能应付这个环境，他就寸步难行。

我们看到，没有哪一个作家比老舍更熟悉北京的风俗、更懂得北京人的心理、更熟练地运用北京人的语言，他的一切不同于北京人的思想都必须纳入北京人的语言中加以表达，正像一个中国人要用中国的语言形式陈述像马克思这样一些外国人的思想一样。这套语言不是依自己感情的变化而变化的，而是依照别人听起来舒服而确定的。他揣摩多数读者的心理，自己的感情要收敛在自己的心里，通过这种语言形式曲折地表达出来。他不像鲁迅的语言。鲁迅的语言不是为了让读者读着舒服的，而是让你同他一起愤怒、一起痛苦、一起欢乐的。在北京人老舍说来，把自己的感情直接表达出来，就是失态的表现。这种失态就离开了他最熟练的语言形式，并且给自己带来永久性的困惑。《猫城记》可说是老舍一生中唯一一次在创作中的失态，这使我们看到他内心激荡着的感情，对中国国民性由衷的憎恶，但它在艺术上是不成功的。他骂人骂得极不自然，无法与鲁迅的讽刺作品并驾齐驱。鲁迅"骂人"骂得理直气壮，决不后悔，而老舍却为这一次的失态而惴惴终生。

老舍在一个乐善好施的人的帮助下才得以入学读书，师范学校毕业后就开始独立谋生。在这时他接受了基督教文化的影响，以"爱"的哲学为立身处世之本。但他的爱，仍是中国一个无权无势的小人物所希求的爱。底层的小人物需要社会的保护，对各种暴力怀有本能的恐惧，所以他们既害怕无端的强梁，也反对以暴易暴的报复性行为，希望每个人都以好心对人，以礼对人，维持人与人之间正常的和平相处的关系。可以说，老舍一生所遵循的就是这样一种爱的原则。这一生都不以坏心对人，不对人失去应有的礼貌，善良温和，但他却也很难与人在感情上融为一体。他太害怕伤害人的感情，因而不敢无顾忌地说话做事。没有鲁迅"敢说、敢笑、敢哭、敢怒、敢骂、敢打"的勇气，这反使几乎所有人都不把他当作"自己人"。

在开始，他活动在英美派自由主义知识分子之间，人缘很好，但他与他们却有一个根本的不同，即他出身下层，没有学院派的高贵气质；但他也不是一个革命者，他对革命青年的激烈态度抱有本能的反感，他是主张依靠每个人的切实的努力而取得民族发展的。抗日战争爆发之后，他的社会观念发生了一个巨大的变化，但这个变化是在社会自身的变化带动下发生的，不是他的思想观念的自身有了什么根本的变动。在本民族内部，他是讲爱的，是反对以暴易暴的，是不主张革命的，但日本人侵略了中国，他的爱国主义使他不能不站在反侵略的立场上。在这时，他与英美派自由主义知识分子的差别变得显豁起来，因为即使在30年代，他也不是一个不关心社会民生的个人自由主义者。这使他与原来属于左翼的知识分子有了紧密的关系，在1938年成立的中华全国文艺界抗敌协会中担任了重要的领导职务。

我认为，这一时期，是老舍一生中精神最舒畅的时期。他怕得罪人，但却不怕得罪中华民族的敌人。爱国的立场使他如鱼得水，在自己人当中他不会因爱国而获罪于人；对于侵略者和公开的汉奸，他不怕得罪他们。像老舍这样一个从下层穷苦人家出身的人，是不怕劳苦的，只要别人能够信任自己，多干点事儿对于他是无上的光荣。也就是说，这时的生活是艰苦的，但在精神上却是轻松的。

1949 年之后，他的外部处境好了起来，他是穷苦人出身，中国共产党对穷苦人的重视使他感激不尽，他几乎是 1949 年之后仍然保持着旺盛的创作力的唯一一个现代文学大家。茅盾、巴金、曹禺、沈从文都已没有当年的创作活力，郭沫若的活力不小，但没有好作品，而老舍的《茶馆》《龙须沟》仍不失为出类拔萃之作，且不违他向来的意愿。

他的勤劳使他获得了"人民艺术家"的美誉和崇高的文坛地位，同时也把他同原来的英美派知识分子、政治上保持中立立场的知识分子、失了势的左翼知识分子在形式上对立起来，这是像老舍这样性格的知识分子所极不适应的。但是，他又没有勇气和能力公开救助他们，因为像他这样一个对中国国民性深有了解的人不会不知道，尽管他获得了崇高的评价，但他从来不是一个革命者，并且在《猫城记》等作品中还公开发泄过对革命青年的不满和厌恶。他之荣誉全来于他现在对现实的拥护态度和在文化界的带头作用，一旦失去这些，一旦处于被审查和被斗争的地位，他的命运不会比俞平伯、冯雪峰、丁玲、艾青这些人更好。

在 50 年代的政治运动中，他顺应了一切，形式上的地位也红红火火，但我认为他的内心却从未有过真正的平静。对被迫害者，他有一种愧疚感，不论他在私下如何向他们表示好感，但他到底是立于他们的对立面的，而这并非出于他的本意；对于那些斗人的英雄，他是怀着内心的畏惧的，他知道一旦他也成为他们斗争的对象，他的命运就是非常悲惨的了。他是爱自己的国的，爱自己的人民的，甚至对现实社会也是真心热爱的，他珍惜这份和平，珍惜中华民族经历了一个多世纪的艰难曲折所获得的这份独立地位，对中国共产党在这个过程中起的作用也是心有所感的，但这一切在他沦为斗争对象时他都无法辩白。他将遭受世界上最严重的屈辱，而这种屈辱恰恰是他最难忍受的。鲁迅的脾气不好，但为仇为友，了了分明，即使被辱于人，他也无怨无悔，有人加害于他，但也会有人在其危难之时挺身而出，为他被杀被砍，在所不辞；但老舍却是在不得已中批过别人的，他没有为别人仗义执言的勇气，也不必期望别人冒死相救，甚至会有人幸灾乐祸。他对人的唯一的作用是通过他的作品实现的，这也支持着他的生命，使他感到自己的生存还是有意义的，他的无法明言的心情，人们总可以通过他的某些作品感受出来，而一旦他处于受压制的地位，连这个心灵的窗口也被堵死了，他的生存也就毫无意义了。

我认为，他在政治上落进了这样一个精神漩涡，在日常的人伦关系上也难免不缠进这种人生关系的蚕茧之中去。他对任何人都很客气，但也与任何人都无同生共死之交。爱他的他不敢去爱，不爱他的他不敢不去爱，他的爱平均地撒在每一个人的身上。但这时他到底还可以以自己不能明言的爱心给人一点心灵的安慰，到他沦落到无法自救的时候，他对自己所爱之人的这点微不足道的安慰也没有了，他只成了别人的累赘。而他也知道，那时的每个人也不会因爱他而与多数为敌，在更多的情况下会怨他、恨他，因为他的存在影响了别人的幸福，毁灭了别人的生活。在这种情况下，一个人活下去还有什么意义呢？

"文化大革命"的"风暴"起来了，他的被斗争的地位已经无可逃脱。如果我们知道这个结果是他十几年来在内心一直担心着的结果，他之在刚刚看到这场风暴的眉目时便撒手而去，就不是不可理解的了。

老舍一生害过谁呢？但没有一个人感到对他的死负有不可推卸的责任。这是多么值得悲哀的事情呵！

1995 年 6 月

母爱与情爱
——冯沅君印象

　　冯沅君是我的老师，但是我却未曾有缘亲聆她的教诲，因为我在山东大学读的是外文系，而她则任教于中文系。她的大名是早就知道的。她是我们山东大学的骄傲，山东大学的学生，不分文理，没有不知道她的。而我则较之其他的同学对她有更多一层的了解，我不但以她的著名中国古典文学教授的身份崇拜于她，而且还以现代著名女作家的原因而加倍敬仰之。在中学，还没有读过她的小说，但鲁迅对她的评价却是十分熟悉的，鲁迅在《〈中国新文学大系〉小说二集序》中写道：

　　　　冯沅君有一本短篇小说集《卷葹》——是"拔心不死"的草名，也是一九二三年起，身在北京，而以"淦女士"的笔名，发表于上海创造社的刊物上的作品。其中的《旅行》是提炼了《隔绝》和《隔绝之后》（并在《卷葹》内）的精粹的名文，虽嫌过于说理，却还未伤其自然；那"我很想拉他的手，但是我不敢，我只敢在间或车上的电灯被震动而失去它的光的时候，因为我害怕那些搭客们的注意。可是我们又自己觉得很骄傲的，我们不客气的以全车中最尊贵的人自命"这一段，实在是五四运动直后，将毅然和传统战斗，而又怕敢毅然和传统战斗，遂不得不复活其"缠绵悱恻之情"的青年们的真实的写照，和"为艺术而艺术"的作品中的主角，或夸耀其颓唐，或炫鬻其才绪，是截然两样的。

我所见到的冯沅君是著名学者的冯沅君，而不再是当时那个毅然和传统战斗的冯沅君。只她那一双小脚，就足以使我们这些20世纪60年代的青年把她同古老的传统联系起来。直到我读中国现代文学专业的研究生，读了她20世纪20年代写的短篇小说，她才重新作为一个反封建的女性形象出现在我的面前。

冯沅君的短篇小说除了鲁迅所指出的特点之外，我认为还有一个值得注意的地方，即她几乎是第一个在母爱和情爱的矛盾中表现那时觉醒青年男女的爱情悲剧的作家。在她之前，爱情小说大都采用两种情节模式，一是恋爱男女共同反对封建家长的包办婚姻而取得胜利，一是由于父母的阻挠而终于酿成爱情的悲剧。这两种模式实际都还停留在控诉封建婚姻制度的思想层次上，而对于几千年的封建婚姻制度对觉醒青年自身的影响和整个封建传统为他们设置的心理障碍则大都表现得非常肤浅。我们不能说冯沅君对这个主题就已经有了多么深刻的表现，但她至少开始触及了更加深层的问题。

在中国，几千年的儒家文化传统，不但形成了一整套礼教制度，实际地维护着传统的封建秩序，而且也形成了每个个体人的情感素质，使其在诸种矛盾的心理倾向中能够非常自然地向封建传统妥协，从而把自我编织进封建的伦理关系中去。

五四青年所提倡的恋爱自由、婚姻自主是从西方思想传统中接受过来的，它们在西方文化传统中与其他各种人际关系在一般的情况下不会构成不可调和的尖锐对立关系，也为疏通各种矛盾关系提供了可能性。远在中世纪的基督教神学中，男女两性的关系就被视为最基本的人类关系，爱情则是人类的至高无上的感情；到了资本主义时代，爱情的婚姻被正式宣布为唯一合法的婚姻。在这种观念下，也只有在这种观念下，爱情才不被视为对父权的挑战和对其他感情联系的破坏。但是，中国的儒家文化传统则把父子关系视为最基本的人类关系。为了维护封建家庭内部统治秩序，儿女的婚姻必须由父母做主，而儿女对父母的爱不但被规定为至高无上的最神圣的感情，而且这种感情主要以对父母的绝对服从表现出来。在这种情况下，男女两性的爱情就处在了与对父母的依恋感情尖锐对立的地位上。在西方，在儿女爱情的关系中，父母的意志最终要服从儿女的意志，父母并不认为儿女对自己有什么冒犯之处，因而儿女坚持对异性的爱情与保持对父母的爱情是可以并行不悖的。在中国，儿女或者坚持自己的爱情追求而反抗父母的权威、破坏掉与父母的自然人伦感情，或者服从父母的权威、保持与父母的自然人伦感情而放弃自己的爱情追求。这不仅是一个思想进步与否的问题，而是一个实际的感情较量的问题，是一个选择的两难处境问题。爱情自身也常常是不牢固的，爱情的易变较之父子母女感情的血缘亲情关系的相对稳定而言不能不说是一个先天的弱点。

由此可见，在整个社会的文化观念没有根本的转变之前，冯沅君在小说中所描写的爱情悲剧就是一种最普遍的悲剧：为母爱而牺牲性爱。在这里，儒家的重父子母女的人伦关系而轻视乃至否定男女的两性关系在五四青年的深层文化心理中的潜在影响也是这类悲剧产生的根本原因之一。

20 世纪 30 年代之后，冯沅君教授就停止了小说创作而专门从事学术研究。她在这方面的成就更大于她的小说创作，但我在她的研究领域是个门外汉，所以我在此只好略而不论。

她是我们的大姐姐、小母亲

——冰心印象

一个作家为什么会有自己独立的个性？因为任何一个人都是以一定的方式建立与自己周围的世界的联系的，只要他始终以自己的方式说话、写文章，对任何事物都坚持以自己的真实感受和真实认识发表意见、抒发感情，他的个性也就自然而然地表现出来了。但可惜的是，人并不总是以自己的独立感受和认识写文章的，他得把自己隐藏在一道帷幕后面，并且连这个帷幕也得常常变换，他的个性也就表现不出来了。

"我有快乐美满的家庭"（冰心《寄小读者》），她在这个家庭里获得的是爱，是父亲、母亲对一个可爱的小女儿的爱。爱，把她与这个世界联系了起来，这颗幼小的心灵在爱之中才感到温馨与安宁，因而她也只知道以爱心对待别人，对待自己周围的世界，对待自己周围的所有的人，像自己的父母对待自己一样。在这时，形成了她自己对待周围的世界，对待周围的人的特定的态度——以一个大姐姐、小母亲的态度对待他们。甚至在她幼年和少年时期的语言里，她就没有学会以恶狠狠的态度对待别人，因为别人就从来没有以这种态度对待过她，她不知道有这种语言，没有学会使用这种语言。乃至长大成人，到北京求学，社会的一切都开始在她面前出现，万姿千态的社会像电影一样映入她的心灵的眼睛。但这时，她的以往的习惯起到了选择的作用。她不习惯于人与人之间的憎恨、厌恶、凶狠和狡诈，不习惯于人与人之间的漠不关心、冷淡、嫉妒和猜疑。她的女性的温馨的爱心本能地拒斥着这一切，而对人与人之间的亲爱、温馨、甜蜜的感情则有特别的敏感、格外强的亲和力。在这时，周围世界也开始把冷漠乃至冷酷向她倾倒过来，但在这种东西还不可能给她的生命造成根本的威胁的时候，愤怒和憎恨的感情仍然无法改变她以爱心对待周围世界的态度，甚至她连表达自己愤恨心情的语言也说不出口，正像一个从来没有骂过人的人即便知道如何骂人也骂不出口来一样。

这样，她的创作风格就确定了，她面对整个世界，面对人类社会，像一个大姐姐一样，像一个小母亲一样，怀着她的母性的爱，说出她温婉的话。有时她也发怒，但她的怒也像一个姐姐的怒一样，使人不感到畏惧和伤害；她也教训人，但她的教训也不像一个教师爷教训别人那样的冷硬，而像大姐姐教小弟弟画画时的语言一样让人感到亲切温存；她也描写社会的不公平、描写社会的黑暗面，但她对这一切仍然恨不起来、怒不起来，而是像叫弟弟洗洗脸，不要把自己弄得脏兮兮的那时的口气；她也有时感到失望，感到疲惫，感到世界的冷酷，但童年少年时母亲的爱滋养着她的心，使她足以在母爱的回忆里净化自己的悲哀和怨恨：

母亲呵！天上的风雨来了，

鸟儿躲到他的巢里；

心中的风雨来了，

我只躲到你的怀里。

《繁星（159）》

茅盾说冰心这是舍现实的而取理想的，是一种对现实的逃避，岂不知对于冰心，母爱绝不只是一种理想，而是一种再真实不过的东西，倒是人与人之间的恨，对于她是陌生的，似乎完全是人类的一种变态、一种畸形，她感觉不到这种感情的必要，甚至也体验不到它的可能。童年和少年时的母爱体验、她的母性的本能，使她没有跨出对人类的爱心的栅栏，她只能像一个姐姐，一个年轻的母亲对待自己的不尽满意的小弟弟、小儿子一样对待周围这个世界。这不是有意的逃避，而是她的自然本能。

嫩绿的芽儿，

和青年说：

"发展你自己！"

淡白的花儿，

和青年说：

"贡献你自己！"

深红的果儿，

和青年说：

"牺牲你自己！"

《繁星（10）》

别了！

春水，

感谢你一春潺潺的细流，

带去我许多意绪。

向你挥手了，

缓缓地流到人间去罢。

我要坐在泉源边，

静听回响。

《春水（182）》

听，这是谁对我们说话呢？不是我们的一个大姐姐，一个小母亲的口吻吗？

1993 年 4 月

象征主义诗歌的早产婴儿

——李金发印象

　　对中国现代文学史上的很多现象和很多作家，你有时会产生很别扭的感觉。从这一个角度想，它是一个样子；从另一个角度想，它又会是另外一种样子。这两种印象有时差别竟是如此之大，致使你有时认为它一无可取，有时又觉得它价值连城，怎么搞也搞不出一个总体的妥帖的印象来。李金发就是这样一个让你头疼的作家。你要真去读他的诗，你用劲去读，用着全身的力气去理解，你很真诚地按有些诗评家的解释去读它、啃它、吞它、咽它，你还是爱不上它，你还是觉不出它的好处来。

　　但从中国诗歌发展的角度讲，你又不能不推他做中国现代象征主义诗歌的领袖，如果你觉得现代象征主义诗歌传统对中国现代新诗的意义是很重大的，并且在西方现代诗歌史上也具有举足轻重的地位，你就愈加为中国现代文学史家对他评价如此之低而感到愤愤不平了。

这种别扭感觉是怎样造成的呢？

应该说，整个中国现代文学就是一个早产的婴儿。为什么说它是早产的？就是说不论中国的政治、经济、哲学、文学，还是中国整个的文化，整个的语言，当时都还没有自然产生像现在的中国现代文学的条件，仅仅因为那时的知识分子有一种学习西方的强烈愿望，才把西方的文化和文学介绍进了中国并有意地模仿、学习它。西方文学成了中国现代文学的助产器，使它在不足月的时候便生下来了。它的柔弱、多病、缺乏健康儿童的那种蓬蓬勃勃的生命力，是与它的早产有很大关系的。

早产，不是一件好事，但也不一定是件坏事，关键在于怎样对待他、培育他。对于早产的婴儿，唯一有效的办法是既经产生，便根据他的实际身体状况增加营养，不必以正常的婴儿的标准要求他、对待他。这样，尽管早产、尽管也会与正常情况下诞生的婴儿有很大差异，但一旦长成，也未必就一定比别的儿童孱弱，未必就比他们智力低下，说不准他的优长还是别的儿童所不具备的，显得更有些宝贵。鲁迅也是在外国文化的强烈影响下成为一个思想家和文学家的，但他一旦成为作家，就不仅仅以西方文学为模仿对象了。他按照自己的意愿写，依照自己的需要办，用自己的审美感受去感受，写到自己满意为止。至于按照西方文学的标准怎样评价他的作品，与西方的同类作品一样不一样，这就不多么在意了。正是因为这样，鲁迅成了中国现代文学史上一名名副其实的伟大作家，把他的作品放到世界文学史上，不但并不愧色，反而有了鲜明的民族特征和个人的独特风格。

　　但可惜并不是每一个人都能如此。有些人羡慕别人家孩子的健壮，便亦步亦趋地按人家的办。人家长得高，就叫自己的孩子跷着脚走路；人家的孩子长得胖，便叫自己的孩子鼓起腮说话；人家的孩子正在哭，便赶紧打上自己的孩子两巴掌，也让他哭给别人看。这样，把自己的孩子折磨得已经不像个孩子，还谈得上是什么聪明的孩子或健全的孩子？李金发就是这样。他之写象征主义诗歌，在很大程度上只是由于西方有了象征主义诗歌，并且在西方有了很好的名声，至于他自己为什么要这样写，不这样写行不行，我认为他是不清楚的。待到他的诗歌写了出来，样子与西方象征主义诗歌很相像了，但诗的味道和基本品格却也丢了。象征主义诗歌首先是诗歌，连诗歌的格儿也够不上了，还谈什么象征主义不象征主义。

　　象征主义诗歌是在西方浪漫主义、现实主义的长期发展后产生出来的，是一种非常自然的发展结果。在现实主义、浪漫主义的时代里，西方人相信现实的世界里有着真善美的东西，人能通过自己的精神完善和客观世界的改造在人间建立起天国。他们曾长期地这样相信着也追求着，并在这种相信和追求中创造了自己的诗和自己的诗的语言。但到了象征主义时代，人们感到，在人们真诚地追求着真善美的东西的时候，不但没有感到这个世界变得更真、更美、更善，反而越来越感到它们是那么虚幻和缥缈，现实世界到处是假的、恶的、丑的。当现实世界在你的感受中只是一种虚假的现象的时候，原来所说的客观世界就不是客观世界了（客观世界的本来含义就是独立于主观世界的一个真实的世界），人们感到它充其量只不过是呈现在人们感官前的一些现象，是一个现象的世界而不是客观的世界。自然这个现象的世界并不是一个真实的客观的世界，它又是怎样呈现出来的呢？它就是人的精神活动的结果，它只是作为人的精神的象征物才成为一种真实的存在的。真善美不是这个现象世界的自身本质，它只是人的最内在的一种精神或意志，这种精神不能直接被人感知，而只能通过现象世界呈现出来，它呈现的方式不是你的物质感官感受到的它的外部形态（这是现象世界），而是用心灵感受到的。

在这里，一个很关键的问题是，象征主义者的现象世界整个地便是由客观世界的观念转化而来的，当客观世界没有在人的观念中展示到最极处的时候，客观世界便仍是客观世界，它不会变成现象世界。具体说来，谁未曾极力地求真，谁就不会感到真就是假；谁未曾极力地求善，谁就不会感到善就是恶；谁未曾极力地探索美，谁就不会知道美就是丑。只有真诚希望过的人才会失望，只有真诚相信过的人才会怀疑。这里不仅是一个理论问题，还是一个诗歌创作的语言问题。当你还没有拥有在现实主义、浪漫主义创作中创造出的大量真善美的意象的时候，象征主义诗歌的意象系统是不可能建立起来的，因为这个意象系统几乎整个地都是现实主义（包括古典主义）、浪漫主义文学所创造的人类文学中的意象系统的转换形式。只要看一看象征主义者如何大量地利用神话、宗教、民间文学以及前代文学创作中的形象就足以证明这一点了。

李金发的诗歌重新受到现代文学史家的重视是在"文化大革命"结束后中国象征主义诗歌走向了一度繁荣的时候，这时对李金发的诗歌又给予了很高的评价，但这时的象征主义诗歌并不是这些诗人们从李金发的诗歌中受到启发的，我敢说他们中的绝大多数的人都没有读过他的诗，甚至也不仅仅是由于西方象征主义诗歌的影响。

在"文化大革命"中和"文化大革命"前，这一代人几乎都曾真诚地信仰过，狂热地追求过，他们几乎本能般地相信真善美就是这个世界的本质和主流，假恶丑都是暂时的、非主流非本质的现象，人的生存意义就在于为了实现未来的那个人间的天堂。不论他们当时是否意识到自己的这种思想观念，他们都是以这种观念看待世界和人生的。在文学上，他们读的是郭沫若、田间、艾青、臧克家、贺敬之、郭小川的诗，受的是拜伦、雪莱、雨果、歌德、席勒、普希金、莱蒙托夫、涅克拉索夫、惠特曼、聂鲁达的影响，他们熟悉这些诗人的语言和诗歌中的意象，像是熟悉自己一样。但当"文化大革命"一结束，他们以前的生命整个地成了一片空白，所有他们曾经熟悉的语言都成了陌生的，但这个空白并不是真空，而在感官中是充满的，实实在在的，精神上则是空的，原有的意义全都不存在了。连过去所有的语言都变了味道，不是固有的意义了。在这时，他们接触到西方的现代派的诗，在精神上一拍即合。他们的诗按照原有的欣赏方式，觉得很难理解，但一旦熟悉了它们的特有感受方式，一旦被破解，心里便豁然开朗。它们在理性上很难被说明，但在感受上你又觉得比任何浪漫主义诗歌都豁朗、都开阔、都明晰。他们的诗中没有很多的新语汇，但似乎所有的旧语汇都成了新的。

但李金发的诗却并不是这样，你在他的诗中感觉不到他曾热切地追求过什么，因而也感觉不到他到底失望于这个现实的世界。即使在他的最著名的那首《弃妇》中，你都感觉不到在他的那些沉甸甸的意象中升腾起了一种什么样的精神性的东西。与此相反，他的所有的诗句都干叉叉地、横七竖八地插在你的心灵上，让你感到满满的，沉沉的，怎么样也清除不掉。它使你感觉不出这个世界的虚幻，反而它是实实在在沉重的。假若你仔细体味一下它的内在精神，便感到它表现的是作者的一种耻感，一种不得周围世界承认的耻感，一种像弃妇般见不得人的感觉。这种耻感是一个很爱面子而又很敏感的中国青年常常有的自卑意识。但在这种感受中，外部世界一点也不虚幻，它比平常人更觉得它的实在性，它的沉重的压抑力量。但李金发又想写成象征主义诗歌，结果他破坏了自己情绪的完整性，造成了全诗的严重的不和谐感。

有人认为现代主义的诗就是想到什么就写什么，岂不知象征主义的诗更要求诗人内心情绪的稳定性，只有你处于同一情绪感受的控制下的时候，你所联想到的才是同种情绪的象征，如若你写诗时没有进入特定的情绪体验中去，你的随意联想就只能是一堆堆客观世界的物质碎片，就不称其为诗了。假若任何一个人在任何情况下的自由联想便是诗，人类还要诗和诗人做什么呢？

当然，李金发在中国现代文学史上还是有点作用的，那就是他使中国了解了西方的象征主义的诗。但这同时也使我们看到，他的选择并不是他理所当然的选择。他要致力于西方象征主义诗歌的翻译和介绍，先使自己更深刻地体验和感受西方的象征主义作品，同时也使读者提高对它的接受能力，说不定他最终还能成为一个杰出的象征主义诗人，即使成不了诗人，也会更有益于中国文学的发展。

中国现代文学原本早产，有些人保守，极力反对它；有些人又在本来不具备这种创作条件的时候抢旗帜，借以标榜，中国现代文学的发展就不能不受其影响了。评论文学家，要以他的作品的实际成就评论，不能以他所举的旗帜、归属的派别在西方或古代的价值评论，否则，一旦有了可能，就会有很多人抢旗帜而不精心于自己的文学创作了。总之，李金发只是象征主义诗歌的一个早产的婴儿，并且是一个因为没有得到很好的护侍而没有长大成人的早产的婴儿。

1993 年

娃娃诗人汪静之
——汪静之印象

在五四时期，孙席珍被称为"诗孩"，但在当时他的诗影响不大，年岁小而影响又大的是汪静之。

1922年成立的湖畔诗社是由潘漠华、应修人、汪静之、冯雪峰四个二十岁左右的小青年组成的，汪静之那时才二十岁，可名气却不算小。那年8月，他出版第一部诗集《蕙的风》时，新文化运动的主帅胡适、著名作家朱自清和刘延陵三位先生鸣锣开道，为之作序。另一位文坛宿将周作人封面题字，女作家绿漪题卷头语，可谓阵势赫赫，前簇后拥。当胡梦华对《蕙的风》进行了不合理的批评后，鲁迅又曾专门写了《反对"含泪"的批评家》一文为之辩护。一个二十岁的小青年的诗在当时能得到这么多文学名家的支持，不能不说是非常幸运的。

但是，汪静之之所以获此幸运，也并非毫无缘由的。考其原因，大概有三：一、当时正是新文学运动初期，从事新文学创作的人还不很多，特别是像湖畔诗社这样一些小青年，对于新文学的普及与推广关系极大。新文化运动的先驱们从新文化和新文学发展的角度，自然对他们的新文学创作是非常关心和爱护的。二、新文化运动的先驱们那时大都是相信进化论的，认为他们自己是在旧文化的土壤中培养出来的，只是过渡期的人物，很难完全摆脱旧文学的束缚，因而他们把创造全新的新文学的任务寄托在更年轻的一代人的身上。这在胡适为《蕙的风》写的序言中表现得最清楚。三、最重要的，当然还是汪静之的诗在当时的诗坛上确实是值得注意的。

从胡适开始的白话新诗的创作，除了那些明显表现着旧诗词影响的一面外，多数呈现着散文化的倾向。以胡适为代表的一些人认为白话化就是口语化，就是嘴上怎么说笔头就怎样写，岂不知这大大影响了白话新诗的意境和韵味。按照我手写我口、嘴上怎么说笔头就怎样写的观念，他们把诗写得像口头语言一样，只是分行排列的散文，从思维的连贯性到语法特征都完全像平时的说话，而按照文学为现实人生的原则，他们所表现的又是极严肃的社会人生的主题，是当时少数知识分子的思想观念和人生追求。这样，彼此就在诗的意义上统一不在一起了。"朱门酒肉臭，路有冻死骨""人生自古谁无死，留取丹心照汗青"这些严肃的思想为什么能成为诗？就是因为它们的形式具有为平时的口头语所不具有的严格性，不是随口便说得出的，并且与平常人的说话方式不一样，本身便有一种严肃意味。而一旦与平时的口头语言一样，它们的诗的意义就消失了，甚至其含义也会发生根本变化。五四时期的诗，往往显得很疲软，就是因为口语化和散文化的语言破坏了主题的严肃性，同时又显得有些矫情，因为把一种不平易的思想用极平易的语言说出来就有了矫情的味道。

但汪静之就不同了，他才是个娃娃，他不必说那些大人话，他没有那种高深的人生体验和强烈的爱憎。他是以童心与这个世界相遇的。在他的眼前，世界既是散文化的，又是诗的，每一个平平常常的事物都有点神秘意味，都显得很奇妙。任何在成人这里硬化了的、有了道德区别的、有了明显的爱憎感情的，在他那里都朦朦胧胧地成为和谐的整体，像悠悠飘荡着的白云，像混混沌沌的薄雾，一切都带着轻松自然的特征。什么话通过他的口说出来都有点与成人的话不同的味道。像那句"一步一回头地瞟我意中人"，好就好在说得很直率很自然，因为他不会感到这竟是多么不道德的、应该感到羞耻的事儿，也不感到这是多么伟大的、应该感到自豪和骄傲、表现了自己争取爱情自由的决心和信心的事儿。所以他的诗都像说话一样，又都有淡淡的、不是浓到叫你一下便感受到的诗意。就诗论诗，说他的诗有多好虽不一定，但比起胡适、康白清的诗似乎都好些。

中国人向来有种观念，以为干什么事儿靠的都是聪明，并且认为人生就像一块砖一块砖摞起来的一样，只要不松劲，继续努力，以后便一定会百尺竿头，更进一步。像汪静之这样年少有为的人，在当时肯定会有很多人这样想：唉，现在写诗就写这么好，以后还不知要成为多么伟大的诗人哩！但事实却并非如此，后来汪静之便在诗坛上消失了，没有创作出有影响的诗来。

事实上，历史给汪静之这样一些年少成名的人设置的无形和有形的障碍，不是比平常的少年人更少，而是更多得多。从少年到青年，从青年到成年，从成年到老年，都不是直线前进的，而是一种根本性质的转变。少年时的单纯是一定会被成年的复杂所代替的，少年时的无分别心到了青年时期就会渐渐消失，爱和憎都变得鲜明了起来。年轻时的幼稚是可爱，成年后的幼稚便惹人厌了。你到底将成熟到哪里去？不论向何处成熟你都会变得不再那么可爱。对于平常的儿童来说，他尽可以无拘无束地朝前走，但少年成名的人，就不一样了，在他往前走的时候就会遇到更大的阻力，因而他也有更多的顾忌。

说实话，当我掀开汪静之的《蕙的风》看到那么多名人的序言的时候，我就为汪静之捏着一把汗。这些名人，到了20世纪30年代，几乎都各走各的路，成了彼此有巨大分别的各派人物。胡适是一条路，周作人是一条路，朱自清是一条路，撰文支持过汪静之的鲁迅走的又是另外一条路，而湖畔诗社的那些朋友冯雪峰、潘漠华、应修人走的路与上述各人又各有不同，这些人在你小的时候都抱过你、喂过你，你有没有勇气和其中的几个翻脸做敌人，就是一个很大很大的考验。再说，既经年少成名，在社会上找个职业，混碗饭吃已经不是多么难的事情，你又有什么必要非得撕破脸皮与自己的恩人、朋友们为敌呢！我认为，这未必不是汪静之消声于文坛的一个原因。倒是在当时名声并不很大的冯雪峰，到了三四十年代成了一名著名的左翼文艺理论家，有了比汪静之更远大的发展。

当然，这并非说年少就不应成名或成名以后就一定会成为早谢的花朵。人生有各种才能也有各种机遇，年少成名为社会作出贡献也是人生的一种形式，正不必要求每一个年少成名的人以后就非得依然名声赫赫，似乎不这样连他少年时的贡献也不再是贡献，反而受到比一般人更严厉的谴责。而对于少年成名的人自己，重要的不是中国人好说的爱惜自己的名誉，倒是更应当像一个普通人一样对待自己，不必怕让谁伤了心，让谁失了望，能做什么就做什么，能怎么做还是怎么做，只要不是故意为非作歹，便在人生的路上大踏步地走下去，这样很可能由好运转入坏运（失去了少年时的好名声），但也可能重新从坏运中走出来，成为一个人生之路和艺术之路上的勇者、健者。

名声是会压死人的，年少成名者更应注意这一点。

1993 年 12 月 12 日于北京师范大学中文系

现代雅人梁实秋

——梁实秋印象

　　在中国古代社会，虽然社会上时有动乱，政治上屡陷腐败，社会秩序也有受到破坏的时候，但因为那时是以农业经济为主，大大小小的农村分布在全国各地，交通又不发达，待到太平年月，只要老百姓能勉勉强强地填饱肚子，便各自安安稳稳地居乡过日子，在社会上走的只不过几个进京赶考的举子、走街串巷的货郎，整个社会安静得似乎能听到苍蝇的声音。即使在城市里，虽然人口密集一些，但彼此并没有纵横交错的连带关系，各过各的日子，没有特殊的节日，谁也不会平白无故地撞到你的生活里来，搅得你乱了平时的章法。在那时，假若你是一个在经济上有保证、在文化上有地位、在社会上有身份，而又不想出外做官或做官而不想卷入激烈的党派争斗的人，家有贤妻，旁有忠仆，粗笨的活计让人料理，你就可以读读书、吟吟诗、作作画、抚抚琴、植几畦花、养几个鸟，或月下独酌，或湖边垂钓，都不失有雅趣之事，因而你也被社会视为一个雅人。

这类的雅人都是很懂规矩、很重秩序的，看不惯那些又粗又笨、做事毛毛草草、说话大声大气，连点起码的礼节规矩也不讲的人。但他们又犯不上与这些人为伍，不会把他们请到自己的家里来吃五喝六，平时不与他们打交道就行了。与他有关系的人，也都是与他有同样雅趣的知识分子，隔一段时间邀集在一起，谈谈天下大事，论论诗词歌赋，几杯淡茶，数两醇酒，彼此没有根本的利害冲突，也无撕缠不开的感情联系，"君子之交淡如水"，既不亲热得无大无小，也不厌恶得咬牙切齿，彼此都以礼相待，说话有分寸，举止有节制，永远保持着亲近而不热烈的关系。在这样一种生活中，雅趣、礼节、秩序是融为一体的。这同时也是中国古代文人雅士的世界观、人生观。

这种世界观和人生观是与艺术有密切关系的，甚至连他们的全部生活都像一件艺术品一样，那么和谐，那么雅洁，浑身上下都发现不了一点瑕疵，像用人工精雕细刻出来的，所以至今有很多评论家称这类人的人生是"艺术的人生"。但这艺术指的是一种特定的艺术，它不是浪漫主义的，浪漫主义主要讲情，或热烈激越，或痛不欲生，或志大气粗，或颓唐厌世，故而浪漫主义者容易"失态"，失态就不雅了，让人看着就不舒服了；它也不是现实主义的，现实主义老是困扰在现实问题中，以别人的苦为苦，以别人的乐为乐，关心的问题都是"俗"的问题。这类的人喜欢的是有雅趣的作品，对什么都抱着一种欣赏的态度，在一定的距离上静观一切，自己的心情永远是平静的，但在平静中又有一点滋味，一点感受。

在写这类的作品时，你应当先屏思息虑，忘掉人生的一切欢乐或烦恼，去私去欲，然后提笔作文，把那些平时曾经使你感到心灵格外舒适的情景用语言的手段再造出来。这类作品不能乱写，要讲点规矩，把过于粗直低俗的语言净化出去，什么感受都不能带上一个"太"字，太强、太弱、太苦、太乐、太浓、太淡、太明、太暗、太死、太活，都会给人以强烈的刺激，心里就不太舒适了。总之，在政治上，他们厌恶官，也看不起民；在生活上，他们鄙薄豪富，也鄙薄穷酸；在艺术上，他们反对僵直，也反对粗俗。这些人是中国古代的一批文雅之士，很得一般知识分子的羡慕。

到了五四新文化运动之后，中国社会发生了很大的变化，一个纵横交错的社会形成了。现代的交通把人由南运向北，由北运向南，愈来愈多的报章杂志把社会新闻很快地传播到各地。在这个横向的社会联系中，首先起作用的便是知识分子。废了科举制度后的知识分子多数做不成官了，即使家里有点钱也不能再坐在家里坐吃山空，知识分子成了职业化的人。这一职业化，可就雅不起来了。你的工作就是挣钱糊口，钱是不能不讲的；你的文章是写给广大社会成员看的，得对各种社会问题表示态度，完全脱俗是做不到的。特别是西方科学、民主、自由、平等等新的学说，使中国五四时期的知识分子重视的是社会的原则，对传统儒家的伦理道德学说实行了猛烈的攻击，文学也由文言变为白话，格律诗变成了自由诗，古代不登大雅之堂的小说和戏剧被提升到文坛正殿上来。

但与此同时，新的问题也出现了。在伦理道德上，中国古代是有统一的标准的，现在旧的标准受到冲击，新的标准又没有任何统一的规定，大家都说自由，但各有各的理解，彼此都看着不顺眼，便谁也约束不了谁。在文学上，古代是有一些固定的标准的，彼此的审美观念差不多，你的诗作得好不好，用这标准一衡量，八九不离十，你自己再吹也不行。学作诗的人也有个规则，如何对仗，如何押韵，如何调平仄，先把规则掌握了，才能创作。但现在这自由诗，反正是自由，怎么写都行，你说我写得不好，我还觉得蛮有味呢，你说不好因为你没有读懂我的诗，假若再邀集几个朋友，彼此吹捧一番，你干瞪眼，明知并非这么一回事你也说不清楚、道不明白。五四新文化的先驱者们是主创造、讲自由、高举进化论旗帜的，别说他们无权整顿文坛，就是想整顿也整顿不了。

恰恰在这时候，中国文化界崛起了一股新的势力，他们不是在与旧文化的搏斗中成长起来，而是在新文化成了中国社会的主流文化后成长起来的。在这时，科举制度早已废除，想读书做官是不行了，但自己的孩子总得读书求上进呀！于是家长也就死心塌地地送自己的孩子进洋学堂、上新大学，最后若能出洋留学，社会上的人同样像过去中了状元一样尊敬你。这些在新的致学道路上走完了全程的人，同时也就获得了自己的自信心。你们不是讲学西方吗？他们才真是地道的西洋通；你们不是讲进化论吗？他们才是真正了解西方最新潮流的人；你们不是提倡新文学吗？他们才是在国外去学文学的科班出身的文学家。不但对茅盾、郑振铎这批土生土长的土包子文学家有其优越感，就是陈独秀、胡适、鲁迅、周作人都算不得真懂文学的人。新月社就是由这样一批从英美留学归国的知识分子们搞起来的，对于厘定中国新文化或新文学的规则、克服"五四"以后的自由主义倾向、建立新的文化秩序和文学秩序、改变新文学的幼稚状态，他们自觉有着不可推卸的责任和义务。而这些知识分子大都有着相近的生活经历，有着相近的人生观和文学观。我认为，真正从理论上体现着他们的人生观和文学观的，则是梁实秋。

梁实秋出身于一个旧官僚的家庭。他的父亲是个开明的官僚，时世一变，他便将梁实秋送上了新式教育的道路。梁实秋与徐志摩不同。徐志摩受宠于祖母、被爱于母亲而对父亲有反叛倾向，这类的孩子从骨子里是自由主义者，并且有情感性倾向，而梁实秋是父亲的好孩子，这类的孩子懂规矩、有礼节、重理性、不好胡来。他十四岁就进了清华，一住八年。清华学校是一所培养美国留学生的学校，而且是一所纪律整饬、管理严格的学校。梁实秋在清华接受了良好的教育，养成了遵守纪律、讲究卫生、生活条理、严格要求自己的好习惯。清华学校毕业后，他被按惯例送往美国深造。

美国，那时在中国知识分子的心目中，体现着民主与自由、富足和强盛，但真正到美国留学的学生，还接触到它的另一个侧面。这个侧面是由大学里的学院派教授学者构成的。开始时的美国教育，是主要从英国文化传统中来的，英国的理性精神、绅士风度、宽容态度在美国的学院派中有很大影响。在中国，好经常闹事的是大学生们，连大学教授们也好掺和在这些学生们中间，与政府当局采取不合作态度。原因是中国知识分子的地位低，在社会上也不受多大的尊重。而在美国闹事的则是黑人和工人、市民，大学里一般是较宁静的，原因是美国的大学教授们在社会上很受尊重，有较高的地位，经济上也是很优厚的。所以在美国的学院派中，重秩序、讲规则是一种传统的习惯，即使自由和民主，也由一定程序性的规定落实在正常秩序中。

　　真是天缘凑巧，梁实秋在美国留学时正是白璧德主义兴盛的时候，梁实秋遂成了白璧德主义的一个忠实的学生。白璧德主义就其实质就是英国贵族精神对欧洲兴盛了一两个世纪的自由主义或浪漫主义思潮的反驳。它反对卢梭、反对卢梭的个人主义和自由主义，反对教育中的自由主义和文学上的浪漫主义，主张规则与节制，重新肯定17世纪、18世纪的欧洲古典主义的原则，对中国古代的儒家学说也颇有好感。梁实秋的性格、教养都与白璧德的新人文主义精神非常合拍，遂以白璧德主义的理论把他的人生观、文学观明确化、理性化了。当他以这种人生观反观中国的社会和文学，就有了自己确定的感受。

　　他看中国人，觉得"五四"后的中国人缺的就是理性与教养，他们不遵守纪律、不讲究卫生、不重视道德修养、缺乏秩序与态度粗鲁、举止失节、语言乏味、缺乏幽默、心胸狭窄、好动感情、没有克制、自由散漫。他后来的杂文集《骂人的艺术》，讽刺的就是这些现象。在文学上，他反对五四新文学以来的浪漫主义倾向，强调文学艺术应当遵守文学艺术的规范，他的一本文艺论文集的名字，就叫《文学的纪律》，另一本则叫《浪漫的与古典的》，反对自由主义，提倡古典精神。他的社会思想也很有特色，他认为社会是由少数天才和多数群众组成的，少数天才是聪明人，多数群众是愚蠢的，社会历史的发展靠的是这些少数的天才，多数群众不起作用，至多只能成为这些少数天才的工具。在文学上也是这样，文学永远属于少数有教养的聪明人，与多数愚蠢的群众无关。

他的这种人生观和文学观并不是难以理解的，只要你生在一个比较富足而又有文化教养的家庭里，头脑又有些聪明，学习又有些认真，一路顺风地从小学上到大学，直至外国留学，归国后成了在社会上颇受敬重的教授或学者，成了社会上少数的精英分子，并且也无意再去当大官、发大财，你就会感到，人与人之间的区别就是由聪明和愚笨分出来的。在你身边的同学，一批一批地被刷了下去，因为什么？就因为他们太笨，或者有小聪明而不好好学习。我为什么一级一级升了起来，终成了社会上有地位的人？因为我聪明，又能严格要求自己，好好学习。梁实秋这个人很真诚，怎样感受人生便怎样说，又有白璧德的新人文主义做他的理论支柱，便将这种人生感受理论化、系统化了，提炼成了中国现代知识精英们的世界观、人生观和美学观。

梁实秋是自觉意识到自己是中国现代社会中的雅人阶层的，他的散文集的题名就叫《雅舍小品》，并且一集、续集不断出下来，一直出到四集，另外还有《雅舍谈吃》《雅舍散文》《雅舍散文二集》。但他作为中国现代的雅人，与中国古代的雅人不同了。中国古代那套礼法制度，受到了现代知识分子的批判，不"雅"了。他的"雅"，更是按照英美教育中的现代纪律、规章、秩序、行为习惯和语言风格建立起来的，但在"雅"的特征上，它仍保留着古代雅人的传统：在政治上，他看不起现代的达官贵人，也看不起广大愚蠢的群众；在生活上，他不追求华贵妖艳的东西，但也厌恶贫穷恶劣的生活方式；在文学上，他反对僵直冷硬的风格，也反对激情的表观，主张雅洁、有情趣、让人读了心里舒服的风格。在过去，我们骂梁实秋这类的知识分子为"洋奴"，实际上，他比我们更看不起西方的多数人，他是不分东西，只重其雅洁高尚标准的人，对西方的自由主义传统，自由竞争中暴露着的赤裸裸的权力欲、金钱欲和性道德的混乱，比我们更加鄙视。总之，他鄙弃中国的愚昧落后，也鄙弃西方的自由放任。

不论梁实秋和与他有同感的知识分子精英们如何真诚地持有这种人生观和美学观，但它在现代的中国都是极少部分知识分子的思想。就是在知识分子之中，也有与他们完全不同的人生体验和在这种体验中形成的思想。鲁迅就是其一。

鲁迅生在一个破落的地主官僚家庭里，这一破落也就有了与梁实秋不同的人生体验。在破落前，谁不巴结这样一个有权势、有财产人家的公子哥儿，但到一败落，人们的脸儿可马上变了一个样。就在这前恭后倨的变化中，鲁迅就把世人的势利鬼眼看透了。什么体面，什么雅趣？有钱有地位时你就有体面、有雅趣，待到你穷得自顾不暇，必须为自己的生计奔波时，待到你失去了受人尊敬的社会地位时，你的体面和雅趣就保不住了。在这时生存是重要的，自由是重要的，要生存就得参与生存竞争，在生存竞争中你不能仅仅依靠雅。鲁迅比梁实秋早生了二十一年，在新文化道路上就有截然不同的两种感受。梁实秋上洋学堂，学新文化，写白话散文，谈白璧德主义，都是很雅的事情，但在鲁迅到南京求学的时候，则被世人视为不很光彩的事情，是不得已而为之的，足见其不够秀才的格儿，才去学洋学问。及至留学日本，在歧视中国的日本青年学生中间，鲁迅也雅不起来，他靠着自信和意志的力量，并在屈辱的感觉中感受人与人之间的有限的但却真挚的爱，像藤野先生那朴素的爱心。在五四新文化运动中，鲁迅成了著名的作家和思想家，但这靠的也不是他的聪明，而是他的独立意志和要求。

　　总之，在这样一个人生途路上，鲁迅形成了与梁实秋迥不相同的人生观念。他重视的不是人与人交往中的礼节，而是彼此之间的真诚的爱和同情；他重视的不是自己的优雅表现及人们对他的评价与感受，重视的是自己独立意志的表现和创造精神的发挥。在文学上，他不重视是否能安抚人的心灵，让人读了觉得愉悦舒适，重视的是最内在的生命体验；他不重视已有的规则，而重视对旧传统的改造和对新的艺术形式的创造。这两种不同的人生观和美学观在中国 20 世纪末和 30 年代初，便发生了一场旷日持久的遭遇战。

1949 年以后，大陆的读者读不到梁实秋的作品了，而鲁迅的作品却广为流传。于是我们就从鲁迅的杂文中按照我们的想象形成了对梁实秋的观念。在我们的想象中，梁实秋是一个国民党政权的走狗，是专靠出卖左翼作家而受到当局重用的反动文人，是个十恶不赦的坏蛋和不讲道德的小人。及至"文化大革命"后重印了梁实秋的著作，我们才有了一个大惊讶：呀，原来梁实秋先生竟是这么一个温和慈祥的长者！竟是这么一个文笔典雅优美、富有幽默感的优秀散文家！竟是这么一个忠于自己的学术事业的正直的学者！竟是这么一个博学多思、知识渊博的大学教授和著名翻译家！随之，我们也便对鲁迅产生了一个怀疑：是不是鲁迅真像我们想的那样正直呢？否则，为什么他骂的人都不像我们想象的那么坏呢？

　　鲁迅说中国人好看热闹。这种看热闹的心理也反映到我们对待社会思想斗争的态度中来。所谓看热闹，是说总是站在旁观者的立场上看别的人相斗。然后站在自以为公平的立场上评论一番，对好人表示点同情和支持（不是实际的），对坏人诅咒一番，然后感到自己是心地良好的、主持正义的、公平合理的，心里便有种自满自适的感觉。在"文化大革命"前，社会上都说鲁迅是伟大的，梁实秋是资产阶级反动文人，自然大家都骂梁实秋，但梁实秋实际是一个什么样的人，大家并不了解，反正他是一个坏人，他就像自己想象中的所有坏人一样。传统小说中的奸臣小人，古代戏剧中的二花脸，现代小说中的地主老财，杀人不眨眼的剑子手，生活中那些自私自利、不讲道德、以人血染红顶子的势利小人……都帮助我们想象着梁实秋的形象。反正是天下乌鸦一般黑，本质还不是一样的！及至梁实秋的作品重新出版了，把作品拿来一看，觉得他并不像自己想的那样坏，倒是比自己好像还有学问、有才能、有礼貌、讲道德的一个人，于是又为梁实秋感到天大的冤屈，而冤枉了一个好人的人还能是一个好人吗？在这时，人们也便开始按照自己的想象，揣摩鲁迅这个人。人为什么会冤枉人呢？或是嫉妒人家，或是没有容人之心，或是有意伤害别人，或是人家得罪了他。于是，鲁迅这人也就无甚可取了。

但这种逻辑恰恰都不适于看待鲁迅与自己的论敌的斗争。

真正的思想斗争，有两类人不必斗。一是坏人，一是没有表达自己思想能力的人。坏人是行者不是言者，他明知这事儿不道德，但还是要去做。或者他有权有势，谅你也怎么不了他；或者他偷着做，让你发现不了。对这样的坏人，是实际的斗争问题，你与他讲什么道理？对于那些有理也说不清或被剥夺了发言权的人，你也用不着与他进行思想的斗争，反正是你怎么说怎么有理，人家无法辩白。在中国，当然也不乏这类的"思想斗士"，但那只不过是装怯作勇罢了。思想斗争的对象应是那些有思想能力、有一定道德心、在社会上有一定影响力，并且或自己或与他思想观念相同的人能够以同样的方式反驳你的人。鲁迅批章士钊，批陈源，批梁实秋，批胡适，批林语堂，批自由人与第三种人，反击创造社，都不是比自己更笨、更不讲道德的人，唯其如此，他们才代表了中国的社会思想或具有一定普遍性的思想，对于我们认识自己有更大裨益。如果意识到这一点再看鲁迅对梁实秋的批判，便知道鲁迅之所以批判梁实秋的原因了。

中国的知识分子，向来好空谈理论，而对自己身边发生的事实则漠然无觉或有意回避，这有时就使自己陷入很显然的荒谬不经的地步去。1927年4月12日，国民党对与自己合作北伐的共产党人进行了大屠杀，很多无辜群众也遭屠戮。恰在这时，梁实秋还在大谈文学要表现普遍的人性，否认文学有阶级性，鲁迅的《文学与出汗》则分明是说，事实说明人与人是不一样的，富人和穷人在人生感受上是不会完全相同的，要文学不表现人与人之间的差别而只描写普遍的人性，这不是闭着眼瞎说吗？后来梁实秋在与左翼作家论战时又暗示左翼作家是被苏联收买的，这实际是当时的国民党政府借以镇压自己的反对者的借口，所以鲁迅说你虽然不是真的走狗，但国民党镇压群众的罪行你不敢反对，反用政府镇压共产党的借口压制左翼作家，在实质上不就与走狗无异了吗？这种攻击，恰恰因为梁实秋并非意在讨好政府当局，如若真是如此，你这种攻击对他就不起什么作用了。但鲁迅的文章又确实触到了梁实秋这类雅人的疼处。躲在社会斗争之外的一个知识分子的小圈子中，"雅"是很容易做到的，但一旦自己也卷入了社会的是非，当自己的面子顾不住了，有时反而会有意无意地暴露出极不雅的本性米。这正像富家子弟在穷下来的时候有时比穷人的子弟更容易丧失操守一样。

但是，对梁实秋的评论不能仅仅放在与鲁迅的论争中来进行。假若你认为周瑜没有诸葛亮高明、他就是一个笨蛋，那你就太过高地估计了自己。实际上，像鲁迅这样没有奴颜媚骨的中国知识分子到底还是极少极少的，我们都还是和梁实秋一样不愿惹那些惹不起的人，而有时又憋不住教训几句处境不如己的人几句而满足些自己的自尊心的人，有时梁实秋反而比我们更有些勇气说出些社会的真实。假若考虑到中国社会上还有很多有意残害同类以求取自己的飞黄腾达的人，还有很多并非为了争取自己的合法权利而打着自由的招牌无法无天、践踏社会公众的生活法则的人，还有很多没有任何道德心故意残害同类的人，还有明目张胆地行私利己、欺压百姓的人，梁实秋所注重的个人道德修养也就不是多余的了，而梁实秋不但要求别人雅也更严格约束自己的人格也就显得很宝贵了。他的散文作品文笔典雅流利，幽默从容，简约优美，在中国现代散文史上也是上流作品，只是由于他的雅限制了自己的取材范围，风格相近，看得多了，略嫌沉闷，并且多谈饮食住行，没有鲁迅杂文那样的精神震撼力。他的文学论文也在现代文艺理论史上独树一帜，有其重要的历史地位，而他的《莎士比亚全集》的翻译，也是中国翻译史上的一个壮举。

鲁迅和梁实秋现在都已去世，赞谁骂谁都已与他们本人无涉，重要的是要通过历史的斗争，开出我们自我反省的路。

1993 年 12 月 9 日于北京师范大学中文系

中国的高尔基

——艾芜印象

在 20 世纪三四十年代，左翼作家常常称鲁迅是中国的高尔基，但那是从成就和影响方面说的，而在人生道路和创作特色上，我认为，在中国现代作家中最像高尔基的莫过于艾芜了。

高尔基初期的经历，凡是读过他的自传体小说《童年》《在人间》《我的大学》的人都有一个大致的了解，他是作为一个流浪汉而开始小说创作的，其题材和人物都和他的流浪生活有关。这样的小说有它的一系列独立的特征。譬如说，这样的小说的背景和人物是常常变换着的，并不固定在一个地域的一种生活样式上，并不固定在少数几个人物上，常常是背景一变，人物也变，一个人物和一个事件过去了，一般就不再在小说里出现了。这些人物，这些事件，都是依照一种偶然的机缘出现在作者面前和他的小说创作之中的。如果说列夫·托尔斯泰、鲁迅这样一些作家的小说里的人物读者都能感到他们在小说里出现的必然性，高尔基和艾芜早期小说里的人物读者可无法做这样的判断，他们的出现是因为他们恰巧与作者有了这样的遭逢遇合，事前是无法预言的。这样一些人物，这样一些事件，因为是在一种极其偶然的机缘遇合中形成的，所以它的形式和内容都有极大的不确定性。我们这些规规矩矩生活在现实庸常社会文化圈里的人，可能终其一生都是在一种固定的关系中与社会的另一类人相接触、相交往的。这样，我们对特定的人就有一些特定的看法，好像他们原来就是这个样子的。我们总是在违犯交通规则的时候遇上交通警察，交通警察也总是处在找我们的麻烦的地点上，他们在我们的感觉中也就有了一个固定不变的特征。似乎他们之间的差别都是极细微的，而这种共同性才是最主要的。这就有了"共性"与"个性"的说法。

流浪小说就不同了。在一个人的流浪生活中，人与人的关系变得极少固定性，一个杀人不眨眼的恶魔可能成了你的救命恩人，一个连蚂蚁也踩不死的文弱书生可能把你置于生死攸关的危险境地。大家都在一个道德文化的黑箱里，别人对你没有一个明确的判断，你对别人也没有一个清楚的判断，你和别人的关系处在一个经常发生变动的过程中。我们这个社会的原则是"安全"，他们那个社会的原则是"活着"；我们这个社会里的人是植物性的，他们那个社会里的人是动物性的。在我们社会里，在每一个人与每一个人之间都驻扎着一个混成旅的联合国维和部队，我们之间只有遥远的"憎"的诟詈和谩骂，"爱"的期待和呼唤，而没有生命与生命的直接厮杀和心灵与心灵的水样的聚合。在我们这个社会里，怯懦和善良是被公开展示出来的，冷酷和自私是被小心地掩盖起来的，而在他们那个社会里，冷酷和自私是被公开炫耀着的，而温情和善良倒是被严密地封锁在内心的。但也正因为如此，我们感到他们的善良更真些，我们的善良更假些；他们的温情更是温情，我们的温情更像虚伪。他们那个社会更像一些鬼怪故事，有些可怕但却生意盎然，我们的社会更像一座监狱，十分安全但却死气沉沉。不难看出，正是因为如此，高尔基和艾芜的早期以流浪生活为题材的小说都在自己的范围内获得了成功，并且使他们进入了名作家的行列。

但是，高尔基是个真流浪汉，而艾芜却是一个假流浪汉。高尔基的流浪就是他的生命旅程的一个有机组成部分，而艾芜的流浪却只是他生命中的一个偶然遭遇；高尔基是作为一个流浪汉而与流浪汉、与各种各样的底层小人物相遇合、相交往的，仅仅因为他早年读了大量杰出的文学作品才使他能对这样一个生命旅程有着自己的超越性感受和理解，使他能把这样的生活和生活中的人物转换为审美的对象，而艾芜则是以一个白面书生的身份加入流浪者的队伍的，他并不把自己视为同其他流浪汉一样的人物，他是把这些流浪汉和底层社会的小人物作为一种文学题材来感受、来处理的。我认为，正是因为这样一个差别，使高尔基和艾芜的创作道路有了一些根本的不同：

一、高尔基以流浪生活为题材的小说有着更内在的情绪化特征，俄罗斯作家常有的那种俄罗斯的忧郁同样弥漫在高尔基的流浪小说中。因为流浪就是他的生命，他在自己的流浪生活中既感受到整个俄罗斯的命运，也感受到自我生命的苍凉，二者是水乳交融地渗透在一起的。而艾芜的这些小说更把看到的一切当作外部世界的描写，更透露出一种局外人的同情和理解，有一种主客分离的特征，它新鲜活泼但却不深挚感人。

二、高尔基的这些生活体验一直贯穿在他一生的创作中，他成了一个始终与其他俄罗斯作家不同的独立作家。他和自己的文学前辈列夫·托尔斯泰、契诃夫、柯洛连科都保持着良好的个人关系，但在思想道路和艺术创作中却与他们有着截然不同的特征，他是一个个性作家，而不是一个派别作家。这是与他早年的生活经历有直接关系的。直到后来，他与俄国无产阶级革命文学发生了多方面的联系，但熟悉他的创作的人都能感到，他并没有成为这个革命的宣传家，他始终以一个有独立追求的作家出现在苏联文学史上。艾芜就不同了。他的《南行记》以一种完全独立的姿态出现在中国现代文学史上，但等到成了一个著名的作家，他的这种独立性就不明显了。在此之后，他也写了一些成功的作品，但这些作品几乎与他早期的流浪生活没有本质上的联系。他成了一个派别性的作家。

我最早读的艾芜的小说是他1949年以后写的《百炼成钢》，是在中学上学时读的。里面到底写了些什么，到现在我几乎全都忘光了。只记得写的是工厂的事情，似乎有一个当工会主席的人物有些可笑。从写作技巧上，它大概会比他早期的小说要好些，但大家都这样看，这样写，这类的作品一多，就混在了一起，分不清哪个作品里写了哪样一些人物、哪样一些事件了。其实，根本的问题还不在这里，而是他的整个思想被体制化了。我常想，他早期在《南行记》里写的人物，一旦被组织进《百炼成钢》这样的作品，那些人物还是那样的人物吗？

写《百炼成钢》的艾芜，已经与写《南行记》的艾芜不是一个人了！

不是吗？

1999 年 6 月 12 日于北京师范大学中文系

温室效应与林徽因的诗

——林徽因印象

假若有人问我，在现代女性诗人中，你最喜爱谁的诗？我会毫不犹豫地回答：林徽因！

中国第一个著名的现代女性作家当然应该说是冰心，她也是一个著名的诗人。她的小诗在当时影响甚大，有一些至今读来仍然很有韵味，但小诗在后来没有得到持续的发展，大概也是文化传统使然罢，中国人至今喜爱的仍是抒情诗，我也如此。冰心也有很好的抒情佳作，但数量不多，她更以小说、散文、小诗名世，作为一个抒情诗人，我觉得林徽因更优于她。

由于我不是科班出身的中国现代文学的研究者，我在大学学的是外国语言文学，中国现代文学作品大都是在中学学习的时候根据自己的爱好和顺便得到的书籍胡乱读的，所以在以前，林徽因的诗我一首也未曾读过，甚至连她的名字也不知道。直至1985年人民文学出版社出版了《林徽因诗集》，我才读了她的诗，也才知道了她的名字。

不怕别人见笑，我打开《林徽因诗集》之后，一下子便被梁思成所摄的林徽因像给迷住了。是梁思成的摄影艺术太美了呢？还是林徽因本人长得太美了呢？还是二者皆美呢？我到现在也说不清，反正是我捧着书本端详了半天，这在我还是第一次。相片是黑白两色的，在黑色的背景上，以白的色显示了一个幽静、典雅的少女的脸。她的两唇轻轻地合着，两眼向斜前方挑视，安详而带着淡淡的轻愁。两臂平铺在她面前的桌沿，在下颌处形成汇接，左手伸向颈后，右手软铺在颊前，两臂的曲线像流水一般，使人感到它们的轻、软、柔、美。我向给我送书来的王培元兄连声赞叹道：美，真美呀！

　　她的诗也像她的人一样的美。她也写人生的艰难和悲哀，也写现实的冷酷和苍凉，甚至"九一八"这样的历史大变动也在她的诗里有所反映，但在这之后，你所感到的仍然是一颗幽静、典雅、温柔并且还是略带稚气的少女的心。鲁迅曾说，女人有母性和女儿性，但没有妻性，妻性是逼出来的。林徽因的诗里活着的就是她的女儿性。我曾说冰心是我们的大姐姐、小母亲，是因为她向我们展示的是她的母性的一面，她的作品使你感到亲切，但你却不可能通过她的作品像爱上一个少女一样地爱上她；庐隐是在一个不合理的恶劣环境中长大的，这个环境毁灭了她原应有的女儿性，她就像一个赤裸裸的女人起来反抗这不合理的社会环境，她的作品使我们看到社会环境的不合理，但却使你感觉不到作者对你的温柔的爱，它们有意义但却缺少美感；丁玲为女人争取合法的社会地位，但她却无意间走进了男性文化的竞技场，她用男性文化的标准与男性竞争，所以她的作品有力却不美，她的勇敢、她的意志、她的男性的坚定、她的战士的姿态，使她的作品失去了原生态的和谐，并且多少带有有意张扬的意味；萧红介于庐隐和丁玲之间，她像庐隐一样是在一个恶劣的人文环境中长大的，她的幼小的心灵里承受了过多的苦难，苦难压碎了她的温柔，太强大的男性文化压抑着她的少女的心，她也像丁玲一样反抗男性文化的压迫，但这种反抗也使她带上了男性的特征；张爱玲有少女的骄傲，但这骄傲却恰恰因为受到了过多的精神伤害，她的作品精细而深刻，深刻得让人感到有些冷……所以，我认为，原生态的女儿性在林徽因的作品里保留得更多、更完整。

但是，在人类社会中，特别是在像中国现代社会这样充满苦难和痛苦的社会中，美的东西恰恰是最脆弱、最无力的东西。林徽因的诗是美的，它里面有着一颗澄澈的女儿心，你简直无法从中发现一点心灵的污痕，但你却又觉得有点不满足。你好像觉得它太脆、太薄、太白、太洁，好像它就只能停留在少女的时代，不再可能成长为一个健康的少妇，因为它缺少一般少女的那种泼辣的生命力。它的澄澈洁白，你是非常喜爱的，但你又觉得它多少带有一些洁癖。不是它无法染上污斑，而是它有意地远离污浊的东西。像庐隐，像萧红，她们都不是那么纯，那么洁，但是你却不怕接近她们，你觉得读她们的作品的时候不必那么小心，那么拘束，而林徽因的作品却让你觉得自由不起来，舒畅不起来，就像穿着一件过于洁白的衣裳，不敢随意地行动。最后，你还会觉得，林徽因诗中的那个少女，不是朱丽叶（莎士比亚《罗密欧与朱丽叶》），也不是四凤（曹禺《雷雨》），而更像在温室里养大的一棵冰清玉洁的水仙花。

在这里，我想用社会的温室效应来说明林徽因所体现的文学现象。在任何时代，不论这个时代多么的污浊，多么的黑暗，但是美的东西仍然会存在，会生长的，只是它们不会像其他东西那样大面积地生长，而是在有类于温室的小的社会空间中偶然地生长起来，因而它们也就必然带有由温室效应所决定的柔弱性。

林徽因出身于一个官僚知识分子的家庭里，时代的发展使她不再会受旧礼教的束缚，这个娇小可爱的小姑娘得到的是父母和周围人的温柔的爱和精心的培养。对于这个小姑娘，整个世界也就是这个小环境，再大、再远的社会对她起不到污染作用，而这个小环境实际就是整个冷冽世界中的一个小温室。16岁的林徽因随父亲到英国，这是一个懂秩序、讲礼节、重理性的国家，她在那里学了一口流利的英语，后到美国接受大学教育，与梁启超的儿子著名的建筑学家梁思成结婚。在这样一个家庭里，没有丈夫的专横，没有公婆的虐待，开放而又有礼节，充满温情而不至狂热，像温室一样适于爱的生长。在她的这一生命途程中，都像被上帝精心保护着一样，没有像庐隐一样成为社会的弃儿，也没有像张爱玲一样受到精神的残害，她保留了少女时的纯白的灵魂，但却是在各种优越的环境中保留下来的。

她美，但美得单薄。

最后声明一点：我谈的是对林徽因的诗的印象，并不代表她的全部人生。她还是一个著名的建筑学家，其后半生的思想与业绩我全不了解，因而以上的话是不适用于此的。

1994 年 9 月 29 日于北京师范大学中文系

我们的好朋友巴金

——巴金印象

我曾经说过，假若要我在全部中国现代作家当中为自己选择一个指导自己学习写作的老师，我将选择叶圣陶和朱自清中间的一个。那么，假若让我在其中选择一个人做自己的朋友，我将选择谁呢？

我的唯一的选择是巴金！

我感到，假若我能有像巴金这样一个人做朋友，我这一生就不会感到孤独了。

鲁迅是我终生所崇拜和热爱的，但他的思想太深刻，你按照正常的思路理解不了他的言行举动，相处起来就不那么轻松；郁达夫是个很可爱的人，但他像个小孩子，动不动就要耍点小脾气儿，你得像个大人照顾小孩儿一样主动照顾他、疼爱他、劝说他、迁就他，他哭过闹过以后还会对你一样好，但哭起来、闹起来也够你麻烦的，作为一个朋友他不能算最好的；郭沫若很热情，但他又太主观，不会主动理解你、同情你，并且他太易变化，和他做朋友就像跟在一个比你走得快的人后面走路一样，很难跟得上点儿，而一旦跟不上点儿，这个朋友就做不成了；很能同情你和理解你的是老舍，但他又考虑太多，处处怕得罪你，反而使你觉得不痛快，他怕得罪你，也怕得罪别人，总是作为一个调停人处在你和别人中间，你永远无法感到他与你是没有距离的，因而也形成不了不分你我的知心关系；梁实秋太高雅，你在他面前总有一种自卑感，坐不知应该怎么坐，站不知应该怎么站，和他做朋友得像英国的绅士一样，这不符合我们中国人的朋友观。我们中国人在一般人面前不能暴露真感情，这就需要一个能够宣泄感情的小空间，朋友就起到这样一个作用。委屈了，能在朋友面前哭一场；高兴了，能在朋友面前吹吹牛。他不会嘲笑你，更不会拿你这点隐私败坏你的名声，因为他能从理解你和同情你的角度对待你，而不会仅仅作为旁观者用刻板的礼仪标准评判你，在必要的时候，他比别的人更能为你仗义执言，给你应有的帮助。也就是说，中国人在朋友之间要求一种较之与他人相处更多的"不分彼此"的感觉，英国绅士间那种永远明确的界限感在中国人之间构不成朋友关系，我们能够尊敬像梁实秋这样的学者，但很难与之成为莫逆之交。作为朋友，巴金较之他们都是最为合适的人选。他像以上所有人一样是一个有思想的人，但却又是一个胸无城府的人。因为有思想，他不会像李逵那样莽撞地对待你，经常给你添一些不必要的麻烦，使你把生命都耗费在一些没有意义的感情纠葛上；因为他没有城府，所以你能很快地进入他的心灵，体验他的感情，了解他的思想，与他构成一种更亲密的感情关系。

假若从文学的意义上思考我们与巴金的"朋友"关系，我们就会感到，巴金作品的意义实际是一种真诚的人道主义的意义。巴金的作品是以我们的一个真诚的朋友的身份与我们说话的。你在他的作品中感觉不到他对我们的戒心，他把自己的喜怒哀乐都毫无保留地暴露在我们的面前，正像一个朋友向我们毫无保留地倾诉他的思想和感情一样。他向我们要求的是一种人道主义的感情，他对自己笔下的人物所倾注的感情也是人道主义的感情。他同情每一个无辜者的悲剧命运，抨击每一个不人道的人，从而在人道主义的基础上与我们建立起广泛的感情联系。在他的作品中，不存在交流的梗阻，他的情感像通行无阻的江河流水，直接从他的心中流到我们的心中，其中没有转折和变化，这正像朋友间的感情倾诉，你哭我也哭，你笑我也笑，在情感上是共鸣的。你读了他的作品，像交了一个朋友，他满足的就是你的求友的愿望。我们宝贵巴金，就是宝贵他这点朋友间的情谊，这点人与人之间的真诚的人道主义感情。

"五四"以后，人道主义成了一个时髦的名词，于是中国的知识分子竞相以人道主义标榜自己，但在实际上，真正的人道主义者并不多见，而巴金就是其中的一个。可以说，他是一个本能的人道主义者，一个青年人本色中的人道主义者。在他那里，人道主义不只是一种学说，一种主张，一种救国救民的策略，而是他个人的一种素质，一种看待人和对待人的态度。

青年人注重人与人之间的感情，需要爱情和友谊，他们在这种非实利性的感情联系中才能感觉到人生的温暖，才能找到自己心灵的栖息地。他们是纯洁的，不怕暴露自己的真感情，同时又以自己的真诚寻求别人的真诚，与人在感情上打成一片。

人道主义最基本的特征是从理解人、同情人的角度对待人，对待周围的社会，对待整个世界。这说起来十分容易，但做起来是非常困难的。在等级关系渗入到每一个社会毛孔的中国，真正的人道主义的成活率是很小的。在等级关系中，只滋生两种"主义"：强权主义和奴隶主义。人道主义到了中国，不是被这两种主义的联军所围剿，就是被这二者所分享，遂产生了强权主义的"人道主义"和奴隶主义的"人道主义"。强权主义者有时也讲"人道主义"，但他们的人道主义是有限制的：只要你服从我，我就会保护你，对你实行"人道主义"原则，否则，人道主义就不适用于你；奴隶主义者有时也讲人道主义，但他们的人道主义是单向的：我服从于你，你就必须爱我、保护我，为我提供我所需要的一切帮助。他们的人道主义仍然是强权主义和奴隶主义的另一种称谓。中国人向来重视交友之道，但只要这两种人仍在中国社会中占主要地位，真正的人道主义者就不易产生，真正的人道主义感情就不易保留。

当青年人走入实际的现实人生，青年时期的人道主义就很容易从一个人的身上消失，有时是自觉的，有时是不自觉的。而在这两种人中间，是不可能有真正的友谊的。对前一类人你得事事顺从，不论他有理无理，你都得偏向于他。他也会保护你，但他只是像保护自己的一条狗一样保护你，一旦你不再是他的奴隶，他就会翻脸不认人，对你表现出超常的冷酷无情，并且把关系破裂的责任放在你的身上。对奴隶主义者你得处处吃亏，当他把你当成朋友，他就把整个身子都依靠在你的身上，他把对你的友好当作对你的赐予，当作对你的投靠，剩下的一切你都要满足他。只要你不把他当自己的奴隶使唤，他就会把你的全部精力榨干。他只考虑你是否满足了他的愿望，不考虑你有没有能力满足他的愿望，一旦有人能为他提供更优越的条件，他就会投靠别人，因为他们把友谊当成对你的卖身投靠。所以这类人最好投书告密、反戈一击将你置于死地，因为他投靠另一个主子的前提就是要背叛旧主子，并以此表示对新主子的忠心。

在中国交友是很困难的，也是很危险的。像巴金这类的朋友并不容易找，这就是我们宝贵巴金及其作品的原因。

朋友是亲切的，但不是伟大的。亲切的不伟大，伟大的不亲切。这里是一个人的感受的问题。亲切的人是与自己在感情距离上最近的人，是最容易理解和感受的人，你并不觉得他有多么难以理解，所以你也不会觉得他有多么伟大；而伟大的人是不太容易被理解的人，人们永远能看到他的成果，但又觉得不知他为什么能创造出这样一个或一些成果。对于朋友，你的感觉是：在他那种情况下我也会那么做、那么说，并且也会做得那么好或那么不好；而对于伟大的人，你的感觉是：即使让我重新处于他的境遇中，我也很难保证做出他所做出的事情来。

在过去，鲁迅、郭沫若、茅盾、巴金、老舍、曹禺被称为中国现代文学的六大家。我们看到，在这六大家中，从感情关系上，鲁迅和巴金是最好的。鲁迅公开声言巴金是自己的朋友，这对于向来不好和人套近乎的鲁迅并不容易，而巴金对于鲁迅的尊敬，在这五人中是最诚挚无伪的。但在现代文学研究中，似乎他们二者之间的差别又最大：研究最多的是鲁迅，研究最少的是巴金。与此同时，有很多人拥戴鲁迅，但也有很多人憎恶鲁迅，而对于巴金，赞美者不把他推到像鲁迅那么崇高的地位，但除了那些大批判的英雄，似乎也没有多少人否定巴金及其作品的价值。别人对此可能有各种各样的解释，但我却认为，其主要原因是巴金亲切，鲁迅伟大。

我们对朋友，说不出多少要说的话，觉得他是不必解释的，不解释人们也会理解他、同情他。对鲁迅就不一样了，他和我们是不一样的，不分析、不解释，就会有很多人不能理解他、同情他。巴金和鲁迅都是人道主义者，但巴金的人道主义是一个真诚的人在本能中就具有的人道主义。巴金在污浊的人世始终保留了青年时期就有的对人、对人类的人道主义的爱心，这也是极不容易的。但他的人道主义仍停留在对外在社会现象的感受上，而没有深入到各种社会思想的内在本质之中去。他的作品抨击的多是非人道的行为，而鲁迅抨击的多是非人道的思想表现。前者易于理解，后者不易辨别。鲁迅的思想有前瞻性，巴金则往往在事发之后才意识到某个人或某些人的非人道的性质。但二者都能主持正义、仗义执言，又是相同或相通的。

巴金是我一生中作为作家读的第一个人。在小学，我也曾读过孙犁的《风云初记》、秦兆阳的《农村散记》、奥斯特洛夫斯基的《钢铁是怎样炼成的》和《大八义》《小八义》等武侠小说，但这些都是作为"书"来读的，而不是作为谁的书来读的。到了初中，记得一开始读的是李克、李微含的《地道战》，马烽、西戎的《吕梁英雄传》等有数的几本书，后来见一个同学读巴金的《春》，我就从他手里借了来读，但一读就入了迷。读了《春》，又读《秋》；读了《秋》，再读《家》；《激流三部曲》就这样倒着头读了下来。那时不但我有点巴金热，就是在我们班里，巴金的作品也是最受欢迎的。从那时开始，我才知道读作家的书，即不是为了读哪本书，而是通过读作家的书来了解一个作家。《激流三部曲》之后，我又接着读了他的《爱情三部曲》(《雾》《雨》《电》)，读了人民文学出版社出版的《巴金短篇小说选集》。我最早买的他的两本书是《第四病室》和《憩园》，读完了这两本之后，兴趣就转移到鲁迅身上去了。

对巴金的第二次关心，是在我上了高中之后的1958（？）年，那时《文学评论》上发表了几篇批判巴金的文章，我很为巴金感到不平，记得那时李希凡是为巴金说过一些好话的。

到我正式从事现代文学研究，说句对巴老很不敬的话，我既没有想到要研究他及他的作品，也没有想到不研究他及他的作品，甚至除了在初中时读过的，也没有再读过他的其他作品。直至 20 世纪 80 年代中期，因为我很佩服的一个同龄文学评论家盛赞他的《随想录》(《真话集》)，说它是鲁迅杂文之后的杂文创作的最高峰，我才买了来读。说实话，我对他这部书的评价没有那位评论家的高，我仍然主要感到的是他的真诚热情，他的人道主义精神。八十老翁的巴金仍像青年时期一般单纯爽直，鲁迅的老辣他是无论如何也学不到的。再之后，我就没有涉及他的作品。我是无异常的必要决不拜访名人的，所以我也未曾见过他。虽然如此，但检查我的内心，在全部中国现代作家中，我所真诚热爱着的，大概就是三个人，一是鲁迅，二是巴金，三是郁达夫。对鲁迅，我像热爱我的多难的民族一样热爱他；对巴金，我像热爱我的一个最真诚的朋友一样热爱他；对郁达夫，我像热爱我的一个软弱而又任性的小弟弟一样热爱他。

巴老今年已是 91 岁的老翁，明知中国的祝福语都不适合于他，但我似乎仍然只能用它们来表达对他的感情：

巴老，祝你健康长寿！

1995 年 6 月

一个感情细腻真挚的诗人

——冯至印象

我没有见过冯至先生，也没读过有关他的回忆文章，在我的想象里，青年时期的冯至先生是个很文静、有些腼腆、性格属于内向的人。他或者在人际交往中也很平易近人，并不木讷冷淡，但至少他是不轻易向你诉说内心感情的人，他把他那点内心的秘密小心地保存在内心，温着热着，把任什么情绪都暖得热乎乎的，并且透体的温润。这样的人写出诗来，一点不张狂，也不颓唐，连心里那点孤独和寂寞也透着温存和湿润。他的诗有好有坏，但不论好坏，都是整体的，不像有些诗人的诗，在一大片砖头瓦块中突然冒出两句好诗，而有时又在一首很有生气的诗中突然横插上两三根干柴棒一样的诗句，让你感到极不舒服。由于他内心里总是悄悄地温暖着一点感情，一种情绪，轻易不把它说出口来，这感情、这情绪就很醇，写到诗里就很有韵味。同样的感情和情绪，他的就比别人的温婉和细腻，温婉细腻得不落俗套。早期的《我是一条小河》是一首爱情诗，他独能把青年男女间那若即若离、亦即亦离的情感关系写得格外自然，那里有爱情的幸福温存，也有爱情的寂寞和痛苦，但这些又都似有若无，淡淡的，轻轻的，感得到但说不出；《蛇》也是一首很有名的诗，"我的寂寞是一条长蛇"，这个意象是这样的平淡，又是这样的新奇，它把诗人心里那种说不出的滋味传达得何等丰满。我们再看这诗的最后一节：

> 它月光一般轻轻地，
> 从你那儿潜潜走过；
> 为我把你的梦境衔了来，
> 像一只绯红的花朵。

一个又文静又真诚的青年，默默地思念着自己的爱人，心里有点寂寞孤独，但在这温存的思念中又感到很幸福。诗人并不直接诉说这些感受，直接诉说就不是交织在一体的情感了，就不给人以直觉感受了。但说是这样说，叫我们自己想，还是难以想到诗人会这样写。好诗，就让你无法替诗人想，待到他写出来了，你才想到原来这样写才是最好的。

冯至早期还写过几首以民间故事为题材的叙事诗，写得也很好。它的好处在于处理得不落俗套，有诗味。中国现代的诗人，往往以为用诗的语言叙述一个故事，就是叙事诗了，其实不然。叙事诗不能仅仅用诗的语言叙述，这故事的处理也得是诗的，也得有诗的韵味，也得留下一点咀嚼不尽的情思。假若只用分行的诗句叙述一个普通的战斗故事，敌人来进攻了，战士很勇敢，最后打败了敌人，你为什么不用散文的形式写，散文的形式不描写得更细致、具体且适于制造紧张气氛吗？

冯至早期的诗都收在《昨日之歌》里，后来他离开北京，北去哈尔滨，这时期的诗抒情的气氛浓了，对社会世态的描绘也增多了，气脉也舒畅得多，但诗仍是平静自然的，表达的是一个刚刚接触社会的青年对现实的失望情绪，有点心灵的惨伤但不颓唐绝望，他想理解这个世界也想理解自己，用一种朴素的人生理想照亮这个世界的精神创伤。

这时的诗收在他的《北游及其他》中，此后他有十多年未曾写诗，到了1941年，他又以二十七首十四行诗获得了中国新诗坛的注意。十四行诗是西方诗歌中一种格律诗，有不少学习西方诗的中国诗人试写过十四行诗，但似乎都不太成功。一种格律，都是与一种语言的特点紧密结合在一起的，在西方的拼音文字和汉语的方块字间进行转换，原本是极难极难的，我就无法想象西方人怎样用西方的语言写出像中国古代的五律、七律那样的格律诗来。但冯至却把汉字的十四行诗写得非常朴素自然，这就极不容易了。首先，它们是中国诗，并且没有生拼硬凑的感觉，至于它们与西方的十四行诗的审美特征相同不相同，倒是极次要的事情。冯至《十四行集》写的是他的人生体验，他把这种体验凝结在特定的意象创造里，提升到哲理性的高度，深刻而凝练。冯至的诗句很重整体的和谐，诗有差别，但太差的诗不多，现在只举《威尼斯》中的一小节说明这

些诗的总体特点:

> 一个寂寞是一座岛,
>
> 一座座都结成朋友。
>
> 当你向我拉一拉手,
>
> 便像一座水上的桥。

1949 年以后, 冯至也写了一些诗, 在这时他力图通俗, 但诗味不多了。因为他向来不造作, 不张皇, 所以尽管算不得好诗了, 也不像郭沫若这时的诗一样滥、一样粗。

冯至是中国现代诗史上不可多得的一位诗人, 要说喜欢, 大约我最喜欢他的诗。

1993 年 12 月 10 日于北京师范大学中文系

附

录

中国现代短篇小说发展的历史轨迹

一

当我们站在世纪末历史的高峰回观整个 20 世纪中国文学的发展的时候，诗歌、散文、小说、戏剧，还有后来逐渐发达起来的影视文学，就像几条大的干流在中国 20 世纪的社会原野上蜿蜒盘旋，一直流过来，流到我们的眼前，流到我们的脚下，并且还在继续流动奔腾，流向未来的 21 世纪。但是，在这几条大的干流中，情况并不是完全相同的。"散文"的河道是宽阔的，并且支流繁多，纵横交错，水漫漫，流淙淙，色彩斑斓，异彩纷呈，因而很多现代文学研究专家都认为在现代文学史上，散文的创作成就最大，水平最高。然而，散文的河道是宽阔的，但却不是深邃的；水势是浩大的，但却不是湍急的。除了在 20 年代到 30 年代初年的鲁迅杂文曾经涌起一股股湍急的浊浪，造成过散文创作领域的千古奇观，就整个散文创作而言，它与中国古代散文在审美上并没有明显的、足以体现中国现代知识分子新的艺术追求的特征。发生更巨大变化的是理论著述，科学的思维方式和叙述方式有力地改变着中国现代知识分子学术研究的性质和他们的写作习惯，像鲁迅的《中国小说史略》、胡适的《中国哲学史》、朱光潜的《悲剧心理学》、蔡仪的《新美学》等等，与中国古代的理论著作是有更显著的不同的，但这些作品已经不属于文学散文之列，文学散文是写个人日常的实际人生感受的。中国知识分子思想意识的转变和新的审美追求的建立，更是在西方文化的影响下产生的，而不像西方近现代知识分子一样是在自我生存方式和生活方式的变化中产生的，所以一旦离开对民族前途、社会命运的整体思考，情绪相对松弛地返回到个人的日常平凡生活及其细微生活感受中来，中国现代知识分子与传统知识分子就没有明显的差别了。"草色遥看近却无"，这就是为什么中国现代小品散文大家周作人会把中国现代散文等同于晚明小品的道理。鲁迅杂文是个例外，他对中国社会思想的毫无情面的解剖一下子使他卷入了中国现代文化斗争的旋涡之中，这不但改变了他的文化处境，也改变了他的社会感受和生活感受，但这到底是一个特例。

对中国古典传统革新幅度更大的是诗歌。中国古代是一个诗国，如果说"经"是中国传统文化的皇上，"史"是中国传统文化的宰相，"诗"就是中国传统文化的皇后。陈独秀要革的是中国传统文化的"经"，胡适进而提出要革新中国的文学，所以他首先想到的是诗歌革新，要革我们的"皇后"。但是，"皇后"并不是那么容易革的。"皇上"倒了，不一定"皇后"也倒。正像皇后体现着女性的美，中国古代诗歌也体现着中国语言的美。"诗"的"美"和"经"的"理"并不是等同的两件事。唐玄宗喜欢像杨贵妃这样的女人，黄巢也可能喜欢像杨贵妃这样的女人，皇上变了，皇后不一定要变。没有生活实感的变化，这种语言美感的感受变化也是极难的。中国的书面语言是由单音节的方块字组成的，中国古代的格律诗提炼的就是中国语言的这种美的形式，白话文的革新并没有改变中国单音节的方块文字，因而它的有效性也没有消失。这就是为什么至今人们读起中国古代的名诗佳作来仍然摇头晃脑、赞叹不已的原因。但是，这并不能证明那些反对白话文革新的复古主义者的理论是正确的，因为一个民族的语言并不仅仅是为了作诗的，它属于全民族所有，诗人没有独占权。中国的文化要发展，要适应包括自然科学、社会科学、文学艺术在内的所有文化学科的需要，就必须克服中国古代那种严重的言文不一致的情况。即使从诗歌创作本身来说，中国古代的格律诗虽好，但让中国知识分子摆弄了千余年，再想创作出较之古代诗人更脍炙人口的格律诗来，已经没有多大的可能性，他们需要一个新的更大的创作空间，以便更充分地发挥自己的创造力量。现代社会生活的急剧变化，现代语言中多音节词的大量出现，也迫使中国的诗歌必须放弃旧的形式。这种困难而又必要的革新，使中国的新诗创作像一条狭窄而又绵延不绝的小溪，时缓时急，时粗时细，一直蜿蜒至今，虽然艰难，虽然不能说它较之中国古典诗歌已经有了更高的艺术成就，但它到底丰富了中国的诗歌宝库，较之陈陈相因地继续重复古代诗歌的形式要有意义得多。我认为，中国的新诗在将来的发展中还会焕发出我们现在难以预料的异彩来——我们20世纪的中国社会和它的社会生活太干燥、太严峻，这是一个散文的时代，社会上、生活里、心灵中都没有那么多必须用诗歌才能充分表达的东西，诗人的乳房里挤不出那么多、那么精良的奶来，但这种情况不可能永久地存在下去。

较之诗歌，更困难的是话剧。话剧是一种更笨重的艺术形式，它要靠演出。演出要有经费，要有先期投入。而要收回成本并获得利润以保证戏剧演出的持续进行，就要有愿意花钱买票的观众。散文、诗歌、小说依靠书籍、报刊可以把散存于全国各地的新文学的读者集中起来，保证它的正常的出版发行，而观念则是无法集中的。在中国现代文学史上，新文化的发展还没有使任何一个地域培养出足以支持话剧持续地进行正常演出的观念。剧本不一定要演出，但没有具体演出活动的促动和演出效果的检验，一个民族的剧本创作也是不可能得到繁荣的发展和艺术水平的持续提高的。在中国现代文学史上，中国的旧剧是表演性的，是让观众"欣赏"的，它用化装、表演、音乐唱腔和戏剧故事的外部矛盾冲突愉悦观众，话剧则是结构性的，是让人感动的。比起中国的旧剧来，话剧就像一只拔光了毛的鸡，没有一点外部的色彩。它依靠的完全是内在的戏剧冲突。中国固有的戏剧观众感情太粗糙，不论官僚和平民，恭维几句就高兴，听到不顺耳的话就恼火，有了矛盾和分歧就吵架，或者屈服于权威的力量，不说，不表现。这样的观众是无法进入话剧的剧情的，这样的生活方式也是无法造成适于话剧演出的情境的。这个问题恐怕至今是影响话剧艺术在中国发展的最最根本的原因。在舞台上演出的或者是没有重要严肃戏剧冲突的絮絮叨叨的抒情，或者是恶言恶语的吵架，而这些都构不成高层次话剧的艺术情境。现代话剧在中国的运气也是不好的，在它还没有站稳脚跟的时候又遇到了电影的冲击。这样，话剧在中国现代文学史上就像一条时而干涸、时而积水的河道，成功的话剧剧本则像羊粪蛋子一样，沥沥拉拉，连不起串来。在观念上，戏剧的地位提高了，被现代知识分子抬到了雅文学的圣坛上来，但就实际的创作，它还很难说有与此相称的成就。

说到小说，则不同了。它的革新幅度是很大的，而成就又是令人注目的。特别是短篇小说，就更是如此。长篇小说，在中国古代有几大名著，特别是《红楼梦》的成就，还是为现代长篇小说所不及的。长篇小说和短篇小说虽然都是小说，但二者差别极大。如果说短篇小说是空间性的，那么，长篇小说就是时间性的。短篇小说也在时间的流动中组织情节，但最终给你的还是一种空间的感觉。鲁迅的《阿Q正传》写了阿Q一生的事情，但最终让你记住的就是阿Q这个人物，这个人物所体现的中国人的脾性。长篇小说虽然在局部和整体上较之短篇小说都有更大的空间，但最终要给读者造成的则应是一个时间性的、流动的感觉。没有流动和变迁的感觉便没有长篇小说。《红楼梦》不仅仅塑造了一些人物，更重要的是写了由这些人物构成的一个封建大家庭衰败的过程；巴尔扎克的《人间喜剧》不仅仅是一些个别人的故事，更是一个时代向另一个时代转化的过程。它们都可信地展示了一个过程，直到现在，直到未来，人们仍然认为这个过程是"真实的"，是合情合理的。显而易见，仅仅这一点，就决定了在中国现代文学史上，是不可能出现像曹雪芹、巴尔扎克、列夫·托尔斯泰这样伟大的长篇小说家的。20世纪的中国历史像一头不听话的驴子一样令中国的知识分子没有办法，时至今日，中国的知识分子仍然对长篇小说中众多人物和整个情节在历史上的滚动很难具体把握。在现代文学史上，茅盾的《子夜》，是一部在结构形式上最具长篇小说特征的作品；在当代文学史上，柳青的《创业史》在人物刻画上取得了突出的成就。但它们都栽在中国历史的陷坑里，它们的作者都想把中国历史的发展纳入一定的轨道中，但中国的历史却偏偏没有像他们想的那样发展。中国现代短篇小说的精品，则不存在这个问题。历史的野马不论怎样颠荡震颤，也无法把像鲁迅的《阿Q正传》、郁达夫的《迟桂花》、许地山的《春桃》、丁玲的《莎菲女士的日记》、沈从文的《边城》、张爱玲的《金锁记》、冯至的《伍子胥》、骆宾基的《乡亲——康天刚》这类中短篇小说从自己的马背上掀翻。它们是以历史上的一种人生状态为依据的。历史无法抹掉在自己的发展过程中曾经有过的任何人生状态，因而也无法抹杀这些中短篇小说的思想价值和艺术价值。

总而言之，中国现代的诗歌、戏剧、长篇小说在其总体的成就上都还不能说已经超过了中国古代文学的最高成就，散文的成就是显著的，但它也没有较之中国古代散文更明确、更具体的新的审美特征，而既具有鲜明的现代艺术的特征而又取得了较之中国古代同类题材的作品更丰厚的成就者，则是中国现代的中短篇小说，特别是短篇小说。也就是说，最集中地显示了五四文学革命的实绩的，在中国现代文学史上，是中短篇小说。

中国古代的短篇小说，不论从唐宋传奇到《聊斋志异》的文言短篇小说，还是"三言""二拍"中的古代白话短篇小说，实际上都没有完全脱离开"故事"的范畴。"故事"和"小说"是紧密联系在一起的，但二者又是有严格的区别的。依照我的理解，故事是讲出来给人听的，小说是写出来给人看的。讲与听的关系和写与看的关系是不一样的。听，只能接受线条较粗的东西，只能分辨彼此有较大差别的事物，实感到的是声音流动的美；读，则敏感得多、细致得多了，它能分辨极细微的差别，能感受到语言背后沉潜的意义，它直感到的主要不是语言流动的美，而是语言运用的精确和巧妙。听的对象是转瞬即逝的，读的对象则是可以在较长时间内驻留的。这使小说有更大的艺术潜力，有为"故事"所没有的更广阔的表现空间。但是，中国古代短篇小说还刚刚从"故事"脱胎而来，它还没有完全脱却"故事"艺术表达方式对它造成的束缚。"三言""二拍"原来就是与说书人联系在一起的,是他们讲的一些故事;《聊斋志异》则是蒲松龄听来的一些故事,经他润饰加工而成一部民间故事书。这种情况甚至与古代长篇小说的情况也不尽相同。由《三国演义》到《水浒传》再到《金瓶梅》,最后到《红楼梦》,中国古代的长篇小说在思想和艺术上都发生着一系列的根本性的变化,这个变化又是同由说听艺术向写读艺术的转变密切相关的。《三国演义》和《水浒传》都是在讲史艺术的基础上整理加工而成的,但《三国演义》更是根据正史的记载,通过想象加工而成,作者所写的不是自己生活中所熟悉的人物,他们彼此构成一定的关系,但与作者没有直接的感情联系,作者是根据一种流行的思想观念表现这个历史时期的政治和军事斗争的。《水浒传》中的人物则平凡得多了,它是讲史与写实的结合体,其中的人物是在作者和读者的现实生活中可以遇到的,可以与作者和读者发生实际的交际关系乃至感情联系。人们对他们的感受更细致、更具体,因而也能从对他们生活细节的刻画中产生出强烈的趣味感来。如果说《三国演义》听起来要比读起来有趣味得多,那么,《水浒传》读起来就比《三国演义》有趣得多了,但它仍然是能够讲的,有一个好的说书人说给你听,一定比你自己看书更加生动,更有趣味。《金瓶梅》则不再是说话人的底本,它是为看而写的,题材现实化了,是作者实际人生观察的结果。它写的是世情,是平凡日常生活中的人物和事件,其意蕴也开始向内转化。这类的情节，别人是讲不了这么具体、这么细致、这么津津有味的。《三国演义》《水浒传》依靠的是生动的故事，《金瓶梅》依靠的则是世态人情的描写，这些文字描写的功能很难由讲说的口头语言来代替。但这些人物仍不是作者独立人生体验中的人物，作者不在他所描写的世界的内部，而是在它的外面。他是一个冷眼看世界的评判者、揭露者，他并不为自己生存在这样一个污浊的世界上而痛苦、而悲伤，他仍企图用对这些丑恶东西的揭露而吸引自己的读者，因而它的描写中时时有过于外露的缺陷。较之《金瓶梅》，《红楼梦》所描写的世界则是作者体验过的世界。它不但是为看而写的，不但写的是日常的平凡生活，而且作者就在他所描写的这个世界里。他是站在自己特有的角度感受和体验这个世界的，因而它的思想和艺术都有了为任何其他人都无法重复的独立特征。作者体验中的东西，是精确的，是有分寸的，"过犹不及"，他不会无节制地夸饰它，也不会无节制地贬斥它，否则就离开了作者的初衷。《红楼梦》虽然也有自己的故事，但作为小说却不仅仅是这些故事。它是为读而写的，而不是为听而写的。要了解这部小说，只听别人讲是不行的，只看根据它改编的电影和电视连续剧也是不行的。你必须读曹雪芹的原书，必须通过它的书面语言。这才是真正意义上的小说，与"故事"不同的小说。中国古代长篇小说所经历的这个发展过程，中国古代的短篇小说还是没有经历过的。只有到了现代文学史上，只有到了鲁迅这里，它才真正实现了由说听艺术向写读艺术的转变。

如果说屈原是中国历史上最伟大的诗人，司马迁是中国历史上最伟大的历史家，曹雪芹是中国历史上最伟大的长篇小说家，鲁迅则是中国历史上最伟大的短篇小说作家。短篇小说到了鲁迅手里才真正成了一门成熟的艺术形式。为什么鲁迅能够把中国的短篇小说提高到真正小说艺术的高度？一些客观的因素当然起到了重要的作用：现代报纸杂志的出版发行，维新运动前后中国知识分子在外国文学的影响下小说观念的变化并由此导致的小说地位的初步提高，晚清小说创作的繁荣和小说读者群的扩大，林纾等人的翻译小说和外国小说的影响，陈独秀提倡的思想革命和胡适提倡的白话文革新的先导作用，构成了鲁迅小说艺术革新的前提条件。但是，只有这些外部的条件还是远远不够的。现代的报纸杂志是现代白话小说的主要载体，但它可以刊载现代白话小说，也可以刊载传统的武侠和言情小说，它自身是不会独立产生新的短篇小说的；梁启超等启蒙思想家比附西方的文学把小说的地位提高起来，初步改变了中国知识分子对小说的歧视态度，但梁启超本人仍然主要是一个政治家，他对小说的重视仍然是从一个政治家的角度对文艺的重视，他的有限的小说创作都是直接为他的政治目的服务的，是一些政治宣传品，并没有真正实现中国现代小说艺术的革新；小说是一种艺术的创造，有创造才有真正的小说艺术作品，翻译小说和外国小说是不能直接产生中国自己的优秀的小说作品的，否则，我们这些比鲁迅读过更多外国小说的人，就个个都成了杰出的中国小说家了；陈独秀和胡适的情况在文学革命问题上同梁启超并没有根本差别，他们都是观念上的革新家，但观念的革新同艺术的革新不是同样一回事；晚清小说的繁荣并没真正实现中国小说艺术水平的总体提高，晚清的谴责小说没有达到《儒林外史》的讽刺小说的艺术水平；民元前后的鸳蝴小说即使在爱情描写上也远远不及《红楼梦》的手段，艺术不等同于思想，并不是有了一点新的思想认识就一定能够超越以前的艺术水平。我认为，站在现代历史的高度，为了中华民族的现代发展，重新感受自我，感受自我的生活环境，感受中国社会各个阶层的人和他们的物质的和精神的生活，是鲁迅把中国现代短篇小说的艺术推向了现代高度的主要原因。这使他从参加新文化运动一开始就把目光转向了中国包括知识分子在内的社会群众的具体的平凡的日常生活，转向了他们的物质的和精神的存在方式，而不是像陈独秀、胡适等人一样主要关注着中国知识分子的口头的理论和书面的宣言。这是一些活生生的具体，是一种浑然一体的感性存在，是只有用艺术的方式才能表现的对象，而这些对象，则是中国古代短篇小说家未曾表现过的东西，是只用讲故事的办法无法精确表达的。在这时，也只有在这时，西方短篇小说艺术的影响才在鲁迅的创作实践中发挥出了点石成金的作用，才使它们成了与鲁迅的生活实感相互推动的因素。真正意义上的中国的短篇小说产生了，它们不再是一些供人们茶余饭后消闲开心的奇闻轶事，不再是供说书人任意发挥的有趣的故事。它是同书面语言血肉相连、不可须臾分离的一体性存在，它的艺术就存在于鲁迅的文字表达中。

鲁迅小说对我们说的是什么呢？"看，这就是我们！这就是我们中国人！这就是我们中国人过的生活！"这里面有你，有我，也有他。每一个中国人都能够从中找到自己的影子，但它又把你拉到一个你平时不容易走到的角度上来，重新观察这一切，体验这一切，使你从中感到一点平时感觉不到的东西，让你思考，让你清醒，让你在感到这一切之后走出原来的自己，成为一个更新的人，更现代一些的人。在《狂人日记》里，他让你从那个"狂人"的角度想想自己，想想自己的生活环境，想想我们民族的历史，从而知道我们还不是真正文明的人，我们还保留着很多吃人的习性。我们必须重新审视自己，重新设计自己，修正我们固有的文化观念，建设新的文化。在《孔乙己》里，他让你站在一个小孩子的角度看一看没有爬到权势者地位的中国知识分子，看一看我们对自己瞧不起的人的态度，看一看我们对无权无势的人是何等的冷酷无情，从而使我们知道我们并不像平时自己想的一样善良、一样富有同情心，中国知识分子也不像平时自己想的那样体面、那样高贵、那样有价值。人们尊敬的是中国官僚知识分子的权势，而不是知识分子的自身和他们的"知识"。他们在四书五经中学来的那些教条在社会群众的眼里只不过是"回字有四种写法"，是对于实际的社会人生毫无意义的东西。在《示众》中，他把你从看热闹的人群中拉出来，让你看看这些看热闹的人的热闹，让你感到点自己精神上的空虚和无聊……鲁迅小说写的对象都是再普通不过的一些人物和现象，但他在这些人物和现象中却能表现出你平时感受不到的一种异样的意味来。我认为，这就是他的小说艺术的本质特征，也是他能把中国古典短篇小说艺术提高到一个新的高度的主要原因。在这里，叙事角度的选择和艺术画面的组接（即结构）是两个最最重要的艺术手段。每篇有每篇的独特的叙事角度，每篇有每篇的独立的结构方式，这才能把原本平常的人物和生活场景构成有意味的艺术形式，构成短篇小说。这是一种才能，一种艺术的才能，这是比讲出一些离奇古怪的故事更困难的一种才能。一个十几岁的小孩子就可以把《草船借箭》《武松打虎》《金玉奴棒打薄情郎》《画皮》讲得娓娓动听，但即使一个鲁迅研究专家也无法生动地为听众讲述鲁迅的《狂人日记》《孔乙己》《药》等现代短篇小说。他们只能讲解它，但却不能同样生动地复述它。

鲁迅小说是在五四新文化运动中产生并发展起来的，是在鲁迅"改造国民性"的总体思想脉络中被创造出来的，故而我们可以称他的小说为"启蒙小说"。

二

在五四新文化运动的倡导者中间，只产生了鲁迅一个杰出的小说家，他开垦了这块处女地，而开拓了这块艺术领地的是20世纪20年代的一些青年作家。从短篇小说艺术的角度，我把这时期的短篇小说分为三派四种。这三派是以郁达夫为代表的主观抒情小说、以叶圣陶为代表的社会写实小说、以许地山为代表的宗教哲理小说。它们加上当时的女性小说又可以视为四种不同的类型。这三种四类小说的总特点是它们的青年文学的性质，它们都是当时的一些青年知识分子创作的，对爱情、幸福、理想人性和理想社会的向往是它们共同的主题，这和中年鲁迅自觉地、有意识地用小说影响社会思想的变化的创作意图有着明显的不同。鲁迅的体验和感受是在长期人生经历中积累起来的，是在确定的社会目标和人生目标的追求中建立起来的，因而也有深邃执着的特征。他不是活在幻想里，而是活在奋斗中；他攻打的是一个最坚固的堡垒，因而他也不期望眼前的胜利。他的作品给人以更沉鸷的感觉。而这些青年作家的作品，不论是情绪上偏于颓废感伤的，还是情绪上偏于昂扬乐观的，都没有鲁迅小说那种深邃沉重的感觉，他们表现的更是一个青年人瞬时的感受、一时的情绪。它们强烈具体，色彩鲜明，但也容易变化。其作品的风格也是不那么固定的，是随着年龄的增长而发生着经常性的变化的。这里说的只是他们最有代表性的倾向。

以《沉沦》为代表的郁达夫小说表现的也是日常生活的题材，但他写的不是一般的社会生活，而是自己的生活。这个生活本身是没有多么了不起的意义和价值的，它的意义和价值是因为它是他的生活，是他的痛苦和欢乐的源泉。他是借助自己日常生活的描写抒写自己的情感和情绪的，抒写他的欢乐和痛苦的，他的小说走向了主观抒情的道路。郁达夫十几岁被送到日本留学，在性意识受到压抑的中国文化环境中一下子跳到了性开放的日本文化环境中，在强烈的性诱惑面前表现出的是性畏惧、性恐慌。当时中国青年知识分子的性压抑下的苦闷，弱国子民的自卑，社会地位的低下，经济生活的困顿，全都在这性恐慌造成的震颤动荡的情绪波动过程中被强烈地感受到了，也被郁达夫用小说的形式表现出来了。他的小说实际就是小说中主要人物的一张心电图，在无规律当中呈现着一种有规律的运动。他的第三人称小说实际也是第一人称的，有名字的主人公同"我"没有根本的差别。他要把自己心中的苦闷统统发泄出来，就不能掩盖，不能说谎，不能爱面子，表现的欲望一下子掀掉了传统士大夫那些繁文缛节，那些皮笑肉不笑的虚情假意。他大胆暴露自己，但这种大胆暴露恰恰因为他比别人更纯洁、更真诚。他的小说好像在一块白而又白的纱布上毫无顾忌地泼了些浓墨重彩，他玷污着它，但却把它造成了一个艺术品。他的真诚无瑕被这污秽衬托得无比鲜明，他的心灵的污迹也被他的纯洁善良显示得格外突出。这是一个孩子的忏悔，一个青年的检讨，是当时由传统向现代过渡的青年知识分子的真实的心灵历程。鲁迅的小说是结构性的，他在人与人的关系中揭示意义；郁达夫的小说则是情节性的，他说下去，说下去，把自己的生活和内心的感受不间断地倾诉给你。鲁迅的小说有一种压迫感，他把中国人的冷酷和自私放在一种特殊情景的压力下让它"自然"地流露出来，使他再想掩盖也掩盖不住了。郁达夫小说暴露的是自己，他不害怕这暴露。他的小说是自然流畅的，他率直得超过你的想象，造成的是痛快的宣泄，把平时不敢说、不能说的话在小说中尽情地倾泻出来。他是个人主义的，但他的个人主义是青年人的个人主义。他的最最根本的价值尺度是个人生活的幸福，是一个青年有权向社会提出的要求。他不再把个人作为一个整体、一个社会的工具，不是他应当为整个社会而牺牲，而是社会应当保证他的幸福和自由。他对自我的感受最清楚明白，但对整个社会，对社会中其他人的不同的思想要求和行为方式是模糊的。他明于知己，而暗于知人，对社会的表现自然不如鲁迅来得一针见血。他的小说以自我情感和情绪的抒发为主线，一旦这种情感和情绪没有异于常人的独特之处，小说就容易流于拖沓拉杂。随着郁达夫年龄的增长，这种只有在青春期才有绝对合理性的个人主义倾向，开始发生无形的变化。他不再只是向社会倾诉自己的苦闷，同时还向着理解社会、同情更弱小者的方向发展，写出了像《春风沉醉的晚上》《薄奠》一类用他自己的话来说有"社会主义"色彩的作品。他的《过去》也是一篇很有特色的作品，比他以前的作品多了一些人生哲理的意味。而他的晚期名作《迟桂花》则一反开始时的颓伤情调，有了淡远飘逸的出世意味。青年时期的情欲宣泄和中年时期的情欲节制，都是他的真实的生活感受和人生感受的表现。郁达夫始终都是一个率直真诚的人，他体现了中国现代短篇小说的抒情化倾向。

如果说郁达夫是一个晚熟的青年，许地山就是一个早熟的青年。他出身于一个有宗教传统的家庭里，早年曾到南洋教书，受到了当时宗教氛围的影响。在五四学生运动中，他是一个学生领袖。而凡是学生运动，高潮期人们精神偾张，过后则易情绪低落，不论胜利还是失败，都与这些学生娃娃的个人生活没有直接的关系。高潮期彼此粘连，生命感到充实，人生充满意义；过后复又分散，心灵中只剩下白茫茫一片，反感生命的无常，人生的虚空。他的爱妻又不期然地猝然夭折，眼睁睁一个美的亲的生命毫无理由地消失于无形。这一切都使他过早地思考人生的抽象的意义，生命的形而上的价值。他脑海里的宗教哲理就多了起来，他的小说的宗教哲理意味也就浓了起来。青年，特别是五四时期的青年，往往是充满幻想的，把人生想得太好，把社会想得太简单，他们要改造社会，实现理想，但又对人生的艰险没有充分的估计，因而一遇挫折，便易颓唐厌世。许地山则以宗教心承担起了这苦难、这打击，始终未曾陷入颓唐和厌恶。这是他与五四青年迥不相同的地方，也是使他的小说有了自己独立风格的原因。他说人生就像蜘蛛结网，一阵风雨就会把你结好的网吹破，但破了再结，结了再破，这就是人生，这就是人生的意义。他的小说体现的就是他的这种人生观念。他常常把人物放在一波三折的人生经历中来表现，各种偶然性的变故充满于他的小说，主要人物不是依靠智慧和斗争，而是依靠坚韧的忍耐、不疲倦的等待，终于改变了自己的处境，留下一颗平静的心和一个和谐的灵魂。鲁迅和郁达夫的小说都没有离奇的事件和曲折的情节，而许地山的小说则重新具有了传奇性的色彩，把传奇性重新引进了现代白话小说。但他的小说的传奇性同中国古代小说的传奇性实际是大不相同的。古代小说的传奇性是愉悦读者的，是由正面的冲突组成的，带来的是"热闹"感觉，而他的小说的传奇性体现的则是人生无常的哲理意蕴，是为了表现人物的精神境界的，你感不到它的"热闹"，得到的倒是一种人生的况味，一种朦胧的美感。他的小说中也有不少的议论，但这议论并不枯燥。实际上，许地山的宗教哲理，仍然不是原来意义上的宗教思想，而只是热血青年的一种抽象的人生思考，是由青春期的热情向中年的冷静转化中的精神现象。它不是为了弃绝人生，而是为了正确地对待人生。正像郁达夫的小说在白与黑的张力中透露出它们的艺术魅力，许地山的小说则在热情与冷静的张力关系中显示出它们的艺术风采。他追求冷静，正因为他热情过；他弃绝幻想，正因为他幻想过；他不主张人与人的斗争，正因为他斗争过。只是他过早地懂得了人生的艰难，这时他还没有更丰厚的人生积累，故而他的小说没有《红楼梦》那么丰厚，也没有鲁迅小说那么坚实。他此后的小说创作，反比20年代来得明朗，有的揭露资本家的假仁假义，有的表现知识分子报国无门的悲惨遭遇。他的《春桃》虽仍然充满人生哲理，但较之《缀网劳蛛》则更有积极进取的精神和昂扬的生命意志。

在中国青年中论中国青年，郁达夫偏于"疯"，许地山偏于"痴"，而叶圣陶则属于"厚道老实"的那一类。如果说郭沫若、郁达夫一类日本留学生是 20 年代中国文学的龙头，叶圣陶这类中小学教师就是 20 年代中国文学的凤尾。他没有郭沫若、郁达夫等人的膨胀的热情，也没有他们的独立不羁的开拓精神，但他仍然希望社会的进步和人性的改善。他希望的社会是一个平等的社会、友爱的社会，所以他揭露社会的不平等，同情无权无势的小人物，中小学教师和好学但贫苦的学生是他重点描写的对象。如果说郭沫若、郁达夫把别人的痛苦也加入自己的痛苦中，用第一人称或近于第一人称的方式表现出来的话，叶圣陶则把自己的痛苦也融入其他人物的痛苦中，用第三人称的方式表达出来。郭沫若、郁达夫向人诉述自己的痛苦，让人同情他们自己，而叶圣陶则诉述别人的痛苦，让人同情别人。鲁迅的人道主义到了这一代青年作家身上分裂为二，郭沫若、郁达夫更体现了"五四"的个性主义，叶圣陶则更体现了同情被压迫、被侮辱的小人物的人道主义。在文学观念上，郭沫若、郁达夫把文学作为作家个人才能的表现，叶圣陶则像是把文学当个"事情"做的人，就像木匠要做手好活，铁匠要打出好的器械，不能把活做得太"糙"。所以郭沫若、郁达夫的作品中有灵气，但有时流于草率；叶圣陶的作品缺少灵动感，但却严谨扎实，很少有明显的败笔。他的作品好像是先生写给学生看的范文，修整得工稳精严，无可挑剔。在通常人的感觉中，叶圣陶更继承了鲁迅的现实主义创作方法，实际上后来中国作家的现实主义理论就是在叶圣陶这种思想倾向和艺术倾向下发展起来的，他们以这种倾向理解鲁迅，自然叶圣陶小说就更有鲁迅的遗风。实际上，鲁迅很难说就是一个现实主义的小说家，他似乎更重视他的小说的象征意义。在思想倾向上，鲁迅并不同情人的软弱，不同情被动忍耐苦难的人，而叶圣陶则对软弱的人有更多的原宥，对处境悲惨的人也有更多单纯的同情。鲁迅注目于国民性的改造，他同情但疾视那些软弱无能的人，疾视他们对苦难的忍耐，他不把他们的软弱和苦难仅仅归于外部的社会环境，而叶圣陶则是从社会不平等的角度揭露社会的，他展示了小人物的软弱痛苦，就起到揭露社会的目的，他把他们的不幸主要归到外部社会的责任上。这表现在小说创作中，叶圣陶很善于细节描写，很善于描写小人物的心理活动，但其中没有心灵与心灵的结实的对抗。鲁迅的小说不同，虽然人物与人物在外部行动上没有严重的对立，但在心灵与心灵之间，却有着残酷的精神厮杀。叶圣陶的小说平实，鲁迅的小说严峻。较之郁达夫和许地山，叶圣陶后来的小说变化不大。他总是能够随着社会前进，但不走在最前头，在艺术上也是如此。我把 20 年代乡土小说家的作品也归入叶圣陶社会写实小说的一类。在鲁迅小说中，乡土，就是我们的中国；在20 年代青年乡土小说家的作品里，乡土，更是中国的一个落后的地方。前者是象征的，后者是写实的。

20 年代是中国女性小说产生的时代。中国古代有女的诗人、女的词人，但没有优秀的女性小说家。我认为，中国女性小说的出现，既标志着中国女性的自由和解放，也标志着中国小说社会地位的提高。现代教育的发展则是这二者的总纽带。现代教育招收女学生并提倡新文学，使中国第一批女性小说家就从这批女学生中产生出来。20 年代的女性文学还没有自己更强的独立性，她们在主观上还做着与男性作家一样的事情，也没有人要求女性作家必须具有与男性作家不同的独立的思想追求和艺术追求，但她们既然有了自己的作品、自己的表现，就一定会有与男性作家不同的特点。20 年代最著名的两个女性小说家是冰心和庐隐，而凌叔华、冯沅君的小说也有各自的特点。从整体上看，冰心的小说属于文研会的一派，并且常被称为"问题小说"作家。但是，"问题小说"这个概念太模糊，并不是一个小说的概念，只要我们细心品味冰心的小说，就知道她不是作为一个普通的社会公民来揭示社会问题的，不是向社会提抗议的，而更是作为一个小母亲、大姐姐来给世界的弱小者播种爱情的。她不像很多男性作家那样，总是对着社会的权势者揎袖挥拳，而是像一个小母亲一样把自己的爱的翅膀展开来，想覆盖住所有的儿童，所有不幸的青年。叶圣陶也描写儿童，但叶圣陶主要是在小说中为贫苦儿童鸣不平，他把贫家的孩子写得比富家的子弟要好；冰心认为贫苦儿童应当得到与有教养的家庭里的儿童相同的爱，因而她把富有家庭孩子的环境当作正常的、优良的社会环境，他们的心灵状态和生活状态也就是所有儿童应当具有的。其中贯注的都是对儿童的爱，但具体的表现却是极不相同的：叶圣陶的是父爱，冰心的是母爱。从整体上看，庐隐的作品偏向于郁达夫主观抒情的一派，但郁达夫的抒情更有淋漓的热情、痛快的宣泄，庐隐在这样做时则透露着焦躁和不安。郁达夫的小说酣畅舒展，庐隐的小说紧张逼促。这反映着在传统社会受束缚更重的女性较之在传统社会就有更大自由度的男性在进行自我表现时有着更高程度的内心骚动。这影响到庐隐小说的艺术品位，但与男性根本不同的思想角度也正产生在庐隐的作品里。在当时的男性呼唤着婚姻自由的时候，庐隐就敏锐地感到在男性追求自我的片面的自由的时候，实际是以未解放的传统女性的痛苦为代价的。庐隐的小说躁急，冰心的小说温婉，但她们的作品都不那么优雅，最有雅感的是凌叔华的小说。她描写女性的矛盾心理，描写儿童生活的情趣，乃至描写下层劳动妇女的悲惨生活和不幸遭遇，但都不失其优雅的气质。如果说庐隐反映着冲破重重束缚走向现代社会的中国女性的心理特征，冰心反映着由温馨的家庭走出来而在不和谐的社会里失去了固有心理平衡的女性的心理特征的话，凌叔华则反映着从贵族家庭通过社会的进步自然转化为现代知识女性，并保持了自己固有的优雅性质的女性的心理特征。她们也有现代的知识、现代的眼光，希望着中国的进步、社会的发展、人性的完善，但她们并不焦急，并不迫切。所以她的小说既不在急剧的外部矛盾中进行，也不在急剧的心理冲突中发展，而是把矛盾隐在小说情节的背后，使你能够感到，但又不能最强烈地感到。冯沅君则是四人中写得最实在的，她写的是五四女性青年在自由恋爱过程中的实际体验，那种初次到爱河里探险的女性青年的心理状态，在她的作品里有着不带夸张性的描写。她们透露着大胆，也透露着羞怯；有着反抗性，也有着屈服性。但不论大胆或羞怯、反抗或屈服，都不是依照男性青年的观念可以界定的。只有女性，才这样大胆，这样羞怯；这样反抗，这样屈服。她的小说，曾经给人以新的惊疑。但总体来说，她的描写还不够精致，也过早地放弃了小说创作，影响不及前三位大。

20 年代还有很多小说家，但我认为，他们的作品大都可以划归这三种四类小说之中去。

三

20 世纪 30 年代是中国短篇小说创作繁荣发展的历史时期。

20 世纪的第一个十年，鲁迅把中国现代短篇小说的大旗树立在了中国的文坛上。那时，他是一个人。到了 20 年代，小说的作者就多了起来，但他们都是青年知识分子，表现的范围不出青年知识分子所能够感知的范围，并且主要停留在青年知识分子感情和情绪的自我表现上，即使是写实的，其意义也在可以看出他们的思想倾向和情感态度，所提供的经验世界里的东西，是非常有限的。而小说，一个重要的作用就是较之诗歌、散文、戏剧能够提供给读者更宽广和更丰富的经验世界。狭小感是与小说这种艺术形式的要求所不容的。

30年代是一个文化分裂的年代，中国知识分子因其不同的政治态度而被分裂为左、中、右三个阵营，因而过去的文学史家也把这个时期的小说分为三派。但是，那时三派知识分子的分歧在于政治的态度，兼及于文艺的思想主张。在这两个领域，他们交火，他们吵骂，但这却很少发生在小说的创作上。在小说的创作上，他们的交叉胜过斗争，他们的融合胜过分裂。细心的人完全能够看得出，在30年代，那些最左的与最右的，都不写小说。革命加恋爱的小说，不光右翼说不好，左翼也说不好。诗歌、散文都可以只露半边脸，而小说不行，小说要露整个脸。他们取的姿态不一样，有的面向左，有的面向右，但却都不是只有右眼或只有左眼。因此，我想换一种方式叙述这个时期的短篇小说创作，即把各种有影响的短篇小说派别并列地排列出来，然后再综合考察一下这个时期中国短篇小说创作的特点及其发展动向。

（一）茅盾的社会写实小说

茅盾的小说是在左翼文化阵营中涌现出来的，但作为一种创作倾向则是20世纪20年代叶圣陶社会写实小说在30年代的自然延伸，也是他自己20年代文艺主张的具体实践。但茅盾的社会写实小说与叶圣陶的社会写实小说有一个根本的不同，即叶圣陶注重表现的是社会生活的一些侧面、一些现象，并以这些侧面和现象的描写揭示社会的不平等、不合理，而茅盾则自觉地从中国社会的整体出发，意图表现出中国社会的历史发展趋势来；叶圣陶主要是一个短篇小说家，茅盾则主要是一个长篇小说家；叶圣陶更以写短篇小说的形式写长篇小说，茅盾则更以写长篇小说的方式创作中短篇小说，因而他的短篇小说更像长篇小说中的一章、一节，其短篇小说的特征是不明显的。较之叶圣陶，他更注意外部世界的细致描绘，更注意在人物的上下左右关系中刻画人物，塑造典型，因而较之叶圣陶的小说更增加了客观性的色彩，人物的复杂性也有所提高。但是，茅盾的小说仍然不同于西方的现实主义小说。西方的现实主义小说是让社会现实自己说话，而茅盾的小说则是让社会现实替自己说话。他的目的意识更明确，更单纯。巴尔扎克是个保皇党人，但他却描写了贵族阶级一步步走向衰亡的过程。茅盾则不同，他同情农民，同情劳苦群众，他的小说展示的也是农民阶级走向反抗斗争、走向光明前途的过程。但在这里，他的小说就有了一种内在的龟裂感，虽然在理性上难以觉察，但在审美感受上还是可以感觉出来的。他的小说有一种"举重落轻"的感觉，即小说提出的矛盾异常深刻重大，对矛盾的描写也很细致深刻，但到小说的结尾，其解决的方式则显得太单纯、太匆促，缺少应有的力度。例如他的"农村三部曲"，《春蚕》写得很有力度，因为它是展开矛盾的，是写

"曾有的"，但到了《残冬》，力度就不够了，因为它是解决矛盾的，是预示"将来的"。它的解决矛盾的方式表面看来是真实的，但却没有真正地解决《春蚕》《秋收》中实际展开的矛盾，而是给予了一个虚幻的解决方式。小说展开的矛盾是传统农业经济在现代经济结构中所面临的严重危机，它要通过自我的现代化发展寻找新的出路。革命解决的是政权问题，并不意味着能够解决茅盾在小说中实际展开并真实具体地描写的这个矛盾。他用革命掩盖了它，并造成了一种虚幻的光明感。读者在现象上不能不接受这个结尾，但在内在的感觉上却不能不拒绝它，从而产生一种有缺失的感觉。因为他更重视经验世界的细致刻画，缺乏必要的主观干预，所以他的小说在情节的推进上比较缓慢，细致有余，热情不足，令人读起来有一种滞重感、平面感。

茅盾最早的短篇小说集《野蔷薇》中的短篇小说，更多地表现知识分子个性解放的主题，而后来的《水藻行》则保留着更多自然主义的思想倾向，它更有可读性，也更有短篇小说的艺术特征，但代表他对小说艺术的独立追求的，还是像"农村三部曲"这类社会历史感更强的作品。重视社会经济状况的反映是茅盾小说对中国现代小说的一大贡献，虽然他没有做到充分的艺术化，但其功绩是不可抹杀的。

（二）东北作家群的荒寒小说

在中国新文化运动初期，新文化运动的倡导者是从中国文化发展的总体要求提出自己的文化主张的，那时的白话文运动和思想革命的主张都不具有特定的地方色彩和个人特征。但一种文化一旦进入具体的实践过程，它就有了个体创造者的特征，因为任何人也不可能脱离开他固有的文化心理结构理解并运用新的文化成果，而这个固有的文化心理结构彼此就是不相同的。

中国自宋以后，文化逐渐南移，在中国近现代文化的开放过程中，南方知识分子发挥了为北方知识分子所不可比拟的巨大作用。相对于北方，南方文化更加发达，经济相对繁荣，气候温暖炎热，山川秀美。但也正因为如此，南方知识分子作为一个阶层，是从生产者阶层独立出来，较少承受直接的生存压力的一个独立的社会阶层，这个阶层的文化也是从人类的生存斗争中抽象出来的一种文化，它集中在才、情两个方面，并以此为核心形成了自己整体的文化观念。而到了北方，特别是东北这块荒寒的土地上，情况就迥然不同了。在那里，气候的寒冷，条件的恶劣，使生存的压力成为人的主要的压力。它没有一个独立的知识分子阶层，即使知识分子，首先感受到的也是自然环境的压力，受的也是基本生存技能的训练，生存意志则居于人的意识的中心。在北方，一个没有缚鸡之力的儒雅书生是被人嘲笑的；在南方，一个不知诗书的壮汉是被人瞧不起的。这是两种不同的文化。南方文化建立在更适于人生存和发展的社会条件之上，但近现代中华民族在世界格局中所面临的生存危机，又把北方文化的重要性加强起来。鲁迅思想的博大精深之处，正在于他在南方知识分子文化心理的基础上，进而思考的是中华民族现代生存的问题，并把南方文化的才情观念重新纳入人的生存意志的基础上，为中华民族的精神重建提供了一个新的思路。他的小说，从外部看不像北方文化那么硬，但从内部看，又绝不像南方文化那么软。但到了20世纪20年代，由于南方知识分子的大量加入，使南方才情性的文化得到了片面的发展，成了中国新文化的主调，鲁迅小说中那种生存意志的内涵被大大冲淡了。30年代的左翼文化运动，仍然是在20年代这些知识分子的基础上建立起来的，他们用自己的才情观念看待革命，从而为左翼革命文化埋伏下了严重的危机。鲁迅对东北作家及其创作的重视，正是因为在他们的作品中，感受到了真正属于生存意志的因素，这对中国新文化的发展，特别是30年代左翼文化的发展，无疑是一个必要的补充。实际上，这个群体既受到左翼外南方知识分子的轻视，也受到左翼内很多南方知识分子的轻视，只有鲁迅给了他们实际的支持。如果说南方文化更是一种软性的文化，北方文化则是一种硬性的文化。一个民族缺少了软性文化是不行的，但只有软性文化也是不行的。东北作家群的作品集中体现了北方硬性文化的特征。美国有"西部文学"，东北作家群的作品可以说是中国现代文学史上的"西部文学"。

东北作家群各自的思想倾向和文学倾向并不完全相同，但他们的作品却有一个共同的特征，即给人以一种荒寒的感觉。所以我把他们的小说称为"荒寒小说"。这个感觉是由他们描写的东北这个文化环境的特点造成的，但也是这些作家精神气质中的东西。在东北，生存的压力是巨大的，生存的意志是人的基本价值尺度，感情的东西、温暖的东西都被生存意志压抑下去了，人与人的关系没有了那么多温情脉脉的东西，一切的欲望都赤裸裸地表现在外面。在精神上，人们感到孤独和荒凉，具有一种像东北的天气一样的寒冷感觉。在小说的写法上，他们的作品较之南方作家的作品更有一种非逻辑的性质。人物不是我们在过去的文学中常见的人物，人物的表现也不是人们常见的表现，而作者的把握方式也不是常见的把握方式。他们每个人的心里好像都有一块又大又重的磐石，下面压抑着许多莫可名状的情绪，语言和动作都是突如其来的，过渡也是突兀的，再加上他们对东北外部自然环境的描写，其作品就不能不给人以一种荒凉、寒冷的感觉。

萧红、萧军的主要成就是中长篇小说，但也有很好的短篇小说创作，在短篇小说上成就最突出的，在 30 年代是端木蕻良，在 40 年代是骆宾基。李辉英、舒群等另外一些作家也有一些短篇小说佳作。

（三）艾芜的流浪小说

艾芜也是一个左翼作家，但使他成为一个有独特贡献的小说家的却不是其左翼的文艺主张，而是他的特殊生活经历。在艾芜之前，也有以流浪生活为题材的小说，但那是一种题材，而不是真正意义上的流浪小说。艾芜的流浪小说是在自己亲身流浪的基础上创作成功的。它不但是一种小说题材，还是一种人生观念和表现角度。中国的知识分子是重道德的、讲人生的，但他们身上常常表现着知识分子的"洁癖"，这是不利于小说创作的。他们多是从学校中培养出来的，处于具体的生存斗争之外，他们评判人、评判人生的角度往往是建立在一种固定的观念、固定的思想标准之上的，是从知识分子的角度出发的，这带来了中国知识分子思想的僵硬化和文学表现的狭隘性。艾芜一旦只身一人踏上在荒僻的南方边境流浪的途程，那种固有观念中的人的标准就不中用了。他与各种不同的人建立的是非预想的偶然的联系，他对各个人的感受也是在这种特定的联系中形成的。强盗可能是他的救命恩人，"正人君子"可能对他冷酷无情。这样，一个新的人生视角出现了，这给他的小说带来了生气，带来了新鲜的感觉。"流浪记""探险记"本身就是一些很好的小说题材，各种遭遇的不可预计的性质给读者带来悬念，产生期待，具有天然的传奇色彩。他用一种旅途随笔的方式创作短篇小说，从而把传奇性和平凡性融为一体，没有制造的悬念，没有夸饰的勇敢，简单朴素而有趣味。但可惜的是，艾芜并没有把《南行记》的创作风格贯彻下去，后来成了名作家，流浪时的那种人生视角就轻易被放弃了。他后来尽管也有写得不错的小说，但却失去了自己的独创性，失去了《南行记》诸小说的生动活泼的气象。

（四）沈从文的湘西小说

如果说鲁迅是中国新文学第一个十年的短篇小说大家，沈从文就是中国新文学第二个十年的短篇小说大家。我认为，一个杰出的小说家的重要标志就是他营造的想象中的世界是一个完整的世界、丰富的世界。鲁迅的小说虽少，但他所营造的世界却是完整的、丰富的。他的小说中的想象世界是在中国文化的基础上形成的中国社会的第二现实。它不同于中国社会的现实世界，但它与这个现实世界在整体上则是同构的。凡是在中国社会中生活着的人，在鲁迅营造的世界里，同样也会找到自己的位置。通过这个世界，你对中国社会上各种各样人的精神面貌会有一个更清晰、更深刻的感受和了解。茅盾试图开拓这个世界，但他没有获得意想中的成功。东北作家群、艾芜也营造了自己想象中的世界，但东北作家群营造的这个世界不是完整的，他们没有充分意识到它的意义和价值，很轻易地放弃了它，并以不同的方式把自己混同到一种主流的形态之中去，从而渐渐失去了自己的独立性。艾芜笔下的世界太狭小，难成一个独立的世界，并且作者也没有开拓它的主观积极性。艾芜在主观意识上就只是那个世界的过客，它没有留住他的精神。沈从文营造的世界则是一个完整的世界，他的精神一直留在他的这个世界中。

中国是一个庞大的国家，从秦始皇那时起政治统治者就想统一中国社会的思想、统一中国的文化，汉以后儒家文化逐渐被政治统治者所认识，虽然道、佛也曾被一些政治统治者所赏识，但它们到底是不利于他们的政治统治的，所以宋以后除入侵的元代统治者之外，都自觉推行儒家文化，以儒治人，以法治国。但是，政治统治者的这种意图是不可能最终得以实现的。中国不是一个宗教的国家，正统文化只在知识分子和中原地区的社会群众中有较大的影响，而在南方的非文化中心地带，则各自有各自的风俗和信仰。沈从文出身的湘西世界就是这样一个具有自我完整性的封闭的文化区域。它有它独立的生存方式和生活方式，有它特定的伦理道德观念和特定的人生价值标准。在这个世界里，有各种各样的人物，过着各种各样的生活，有着各种各样的神话传说和民间故事，同时也在它的现实生活中不断产生新的人物和新的故事。但所有这一切，都与它的外部地区——中国文化的中心地带——有所不同，它们发生在不同的文化背景上，因而也给人以完全不同的感受和体验。沈从文笔下的世界并不完全等同于湘西的现实世界，但却是在对它的忆念中想象出来的。沈从文就以这样一个文化背景展开了他的艺术的想象。因为它们与读者首先在文化上保持了一定的距离，所以他的小说自有一种韵味，其人物和故事也自然地具有传奇色彩。沈从文又是一个很重视小说技巧的作家，他使用各种手法写作小说，总是能把一个素材用一种有效的叙事方式铸造成一篇趣味盎然的小说。

用句左翼的话来说，沈从文才是一个真正的"人民作家"。他没有大学学历，他是从湘西人民当中走出来的，并且当过兵，后来才来到大都会，开始了自己的写作生涯。他不但对自己出身的那个湘西世界怀着深深的留恋，在想象中重构了那个美妙神秘的世界，并且他也以那个世界的标准审视现代城市社会，审视现代大都会中的芸芸众生。在他的笔下，现代城市社会的大人先生们，绅士和绅士的太太们，大学教授和大学生们，小公务员和小职员们，因为失去了与大自然的联系，因为被一种僵化的人为伦理道德观念所束缚，大都像是被阉割的动物，精神萎靡，空虚无聊，缺乏生命力。应该说，他提出了现代社会的一个很重要的问题，但是，他对现实世界的批判是以过往的正在消失的湘西世界为标准的，他的精神不是活在现实世界，而是活在与之完全不同的湘西世界里，因而他对整个现代中国取的是一种旁观的态度、冷嘲的态度。现代人的苦闷，现代人的精神挣扎，以及现代人生命力的表现形式，在他的作品里表现得是不够充分的。这一点，把他与鲁迅区别了开来。鲁迅的《故乡》也写了在童年时期所感受到的那种纯任自然的朴素、美好的世界及人与人的关系，但鲁迅也看到，在主流文化的冲击下，这种关系是很脆弱的，现代中国的人必须在现代社会条件下进行新的独立的追求。这使鲁迅的作品表达的更是现代中国人、特别是中国知识分子的精神挣扎。他虽看到中国知识分子的软弱性、虚荣性，但他对魏连殳、吕纬甫、涓生、子君这些知识分子的绝望的抗争还是表现出深沉的同情。沈从文的作品读起来较之鲁迅的更有韵味，更有灵动之感，但在现代读者内在精神上留下的刻痕却不如鲁迅的小说深。现实人生使你时时想起阿Q、孔乙己、魏连殳、假洋鬼子、鲁四老爷这类人物，但却很少使你想起沈从文笔下的人物。所以我认为，沈从文是一个优秀的小说家，但不是一个伟大的小说家。而鲁迅，不但是一个优秀的小说家，也是一个伟大的思想家和文学家。

（五）穆时英和施蛰存的都会生活素描

在一般的中国现代文学史教科书上，刘呐鸥、穆时英、施

225

蛰存等人的小说被称为"新感觉派"小说，这个名字是从日本输入的，我认为很难概括他们小说的具体特点；有的学者又笼统地称之为都会小说，但严格说来，茅盾的小说也是都会小说，他写的更是都会的整体，而穆时英、施蛰存所描写的，实际是中国现代大都会中日常的并且是偏于娱乐、享乐性质的日常生活。他们的描写不是全方位的，而是素描式的，所以我称之为"都会生活素描"。

现代社会的发展，首先表现为现代城市的发展。过去城市的头脑是皇帝，心脏在茶馆，三叉神经是那些有钱且有闲的阔佬、阔少、文人墨客和部分小市民。这是一个男性的世界，是个喊喊喳喳、议论是非、传播小道消息、拉关系、吵群架、吹牛皮的世界。鲁迅、沙汀、老舍的许多小说都在这样一个背景上展开。现代大都会的头脑是金钱，心脏在舞厅、咖啡馆，三叉神经是在社会竞技场上抽身出来寻找刹那的快乐和一时的刺激的大小官僚、资本家、不同级别的机关职员、记者、作家和各类女性。它与茶馆顾客的最大差别在于，它不是一个干燥的男性世界，而是一个两性交际的场所。在这个世界里，"性"是它的发动机，"钱"是它的润滑剂。衣饰、饮料、音乐、装潢设施、语言、动作无不带有"性"的特征，无不由金钱来贯穿。现代大工业排泄出来的一切精神的遗弃物，都堆集在这里，将它们进行再加工，重新送回到社会的竞技场上去。具体描写了这个世界的是穆时英和施蛰存等小说家。穆时英的小说抓住了这个世界的色彩和律动。像电影镜头一样迅速变换着的色彩和画面，像小步舞曲一样迅疾变化着的生活的律动，像霓虹灯一样一明一灭闪动着的人物的情感和情绪，在穆时英的小说里得到了体现。这是一种新内容的小说，也是一种新形式的小说。施蛰存则抓住了"性"，主要描写这个世界里各种不同人物的性心理。显而易见，施蛰存是一个自觉运用弗洛伊德精神分析学说创作小说的中国作家。但我认为，他的小说写的不都是潜意识心理，而更多的是一般性心理。他用性心理的描写揭示了他所描写的这个生活环境的特征。在写法上，施蛰存与穆时英其实差别很大。穆时英长于写场景、写气氛，施蛰存则重点写人物、写人物的心理状态。

但是，必须看到，穆时英、施蛰存只是从一个角度表现了大都会的生活。现代的大都会既是一个享乐的世界，也是一个生产的世界，他们脱离开现代大都会进行着的各种社会事业而单纯从这个游乐的世界表现现代的城市生活，是很难从其中看出它们的全部意义来的。"舞厅"用自己的快节奏代替了"茶馆"的慢节奏，是幸呢，还是不幸呢？这是一个很难下确定判断的问题。

（六）老舍的京味小说

在现代文学史上，人们还有一种"京派"和"海派"的分法，但那时是中国现代城市初步发展、迅速扩大的时期，不论北京还是上海的作家，大都刚刚从外地来到城市，他们受到这个城市生活的影响，但他们的思想意识和审美观念更多的还是在外地的生活和文化环境中形成的，很难说他们在艺术上、审美上已经具有了统一的特征。我认为，真正体现了北京地方文化特点，开创了中国现当代京味小说传统的是北京出身的作家老舍。

如果说上海体现着中国的未来（我不把未来与美好等同起来），北京就体现着中国的过去（过去也不是绝对不好的意思）。上海没有自己悠久的历史，上海人的眼睛主要注视着自己的现在，盘算着实际的利益，做着与当前利益有直接关系的事情；北京则有自己悠久的历史、光荣的过去，北京的事事物物都使你想到过往的时日，你在自觉不自觉中就会用过去的传统衡量现在的缺失。上海是由到上海来谋生路的人组成的，他们依自己的利益关系组合在一起，他们希望成功，也羡慕成功者，不那么同情劣败的小人物。而北京则是一个老城，亲属关系、邻里关系把人们组成一个个人际关系集团，相互有些接济，彼此有所扶助，因而也很重视人情礼仪关系。较之上海人，北京人较为安于目前的生活，他们对成功者在内心里没有什么好感，对比自己弱小的"老实人"倒有更多的同情。但也正因为如此，他们那套人情礼仪关系带有明显的虚伪性。对上近于谀，对下近于欺。因为上下两面都不是他们真实感情的表现。上海人崇拜成功者，也趋附成功者，不带有明显的虚伪性，但从北京人的眼里看来，上海人有些势利，有些重利轻义。上海是个商业城市，金钱的力量要比在北京大，最受尊重的是商业大亨和有钱的人，而北京至少在现代史上还主要是政治城市、文化城市，怕官僚，敬文人，仅仅有钱在北京吃不大开……老舍出身于北京市一个贫苦的满族小市民家庭里，他以底层劳苦人的眼光揭露、讽刺社会上层人物的腐败和无耻，同情弱者，同情小人物的悲惨命运。但作为一个现代知识分子，面临中华民族的民族危机，在西方文化的影响下，对北京小市民的缺点也多有认识，在这一点上，他继承了鲁迅的小说传统，重视对中国国民性的表现。但他之表现中国国民性的弱点，仍然带有北京文化的固有特点。鲁迅的小说冷峻，老舍的小说温和；鲁迅的语言犀利，老舍的语言婉转；在鲁迅的小说里讽刺压倒幽默，在老舍的小说里幽默压倒讽刺；鲁迅的批判指向中国人的大多数，老舍的批判指向中国人的极少数。即使在老舍的小说中，你也能够知道老舍是个人缘很好的人——北京人重人缘。老舍小说的语言，老舍小说的幽默，老舍对小人物的同情的描写，特别是老舍对北京小市民生活习俗的生动表现，都使他的小说独树一帜，并开创了延续至今的京味小说传统。如果说巴金是个优秀的长篇小说家，但不是一个优秀的短篇小说家，而老舍则不仅是一个优秀的长篇小说家，也是一个优秀的中短篇小说家。

（七）张天翼的讽刺小说

如果说鲁迅是20世纪20年代出现的一个杰出的讽刺小说家，张天翼则是30年代出现的一个优秀的讽刺小说家。中国多暴露小说、谴责小说，而较少讽刺小说。暴露小说和谴责小说是在作者与暴露、谴责对象有着大致相同的伦理道德标准的情况下产生的，被暴露、被谴责的对象知道自己的行为是见不得人的，因而极力隐瞒它，作者将事实暴露出来，并谴责他们的这些不道德、不合法的卑劣行径，就达到了自己写作的目的。讽刺小说在作者与讽刺对象之间应具有不完全相同的人生价值标准和审美标准，在讽刺对象自以为庄严正经的言行中发现其荒诞可笑的不正经的内容。在中国现代小说中，名为讽刺小说而实际只是暴露、谴责小说的居多，而张天翼的有些小说确具有讽刺小说的性质。他的《华威先生》写的是中国那些"做戏的虚无党"中的一个，像这种把中华民族任何一个严肃的事业都当作做戏的绝好场合的人，至今不乏其人，可以说触到了中国文化精神的深层的伤疤，是中国文学中不可多得的讽刺名篇。但总起来说，张天翼的讽刺小说较之鲁迅的讽刺小说仍有过于外露、难中膝理的弱点。

（八）废名的新田园小说

废名在 20 世纪 20 年代就是一个著名的短篇小说家，他的《竹林的故事》写农村的人情美，充满田园诗的韵味，但其描写是明晰的，小说情节是集中的，也有明显的思想内容。到了 30 年代，他的小说风格骤然一变，他开始以朦胧怪异、扑朔迷离的方式写作小说，其题材仍然主要是田园生活，但他写的是非理性的、印象的、直感的现象世界。这个世界没有确定的意义，只在人物的片段的、跳跃着的感觉中呈现出来。他把中国古代禅宗重感悟的理论同现代短篇小说的艺术形式结合起来，创造出了一种新的小说形式，在中国现代小说史上独树一帜。但是，他的这个试验，至今仍是值得细致研究的。

中国古代感悟理论能否同现代小说这种艺术形式相结合，以及如何结合，并不像有些评论家设想得那么简单。古代的感悟理论是建立在静态地面对具体事物的基础上所进行的非理性的思维运动，它是刹那间一次性完成的，时间对它没有任何意义，它既不靠时间来完成，也不靠时间来发展，而小说这种艺术形式表现的则是动态的、在时间中演化的内容，不是一次完成的过程。感悟理论不同于柏格森的生命哲学，也不同于詹姆斯的意识流理论，它们都是把生命理解为过程中的东西，虽然是非理性的，但却与小说这种艺术形式的要求没有根本的冲突。柏格森的生命哲学和詹姆斯的意识流理论都不是让人停留在事物的表象和人的刹那的感觉中，不是从根本上否认生命存在的价值和意义，恰恰相反，它们是通过呈现人的生命之流、意识之流而发现生命的存在和意义的存在，并反对把人的存在等同于没有生命的物的存在，反对科学主义者、理性主义者对人的存在意义和价值的生硬归纳。西方现代主义作品的意义虽然是朦胧的、不明确的，没有一个单一的理性主题，但在整体上、在感受和体验中，仍然呈现出异常丰富多样的意义。生命在流动，世界在流动，意义也在流动，它们都没有固定的形态和确定的结论，人和世界在小说的起点、中点、终点乃至在任何一个点上都是不相同的。它们极大地开拓了小说这种时间性艺术形式的意义容量。

废名的小说实质并非如此。他的小说不是意义更复杂、容量更庞大，而是消解了世界和人生的所有价值。如果说西方意识流小说在意识的流动中积累着意义，废名的小说则是在人的即时的瞬间感觉中随时抛却过往的存在、过往的意义。他的小说截断了不觉短，拉长了不知长。起点上的人物同终点上的人物是完全相同的，起点上的世界同终点上的世界也是相同的。一切都在静止着，一切都只是相同的一个点。所以，废名的这时期的小说本身，不失为一种新的小说形式的试验，但从中国小说的长远发展来看，这种小说未必有旺盛的生命力。

（九）丁玲的女性小说

20世纪20年代的著名女小说家是冰心和庐隐，30年代的著名女小说家是萧红和丁玲。丁玲以她的《莎菲女士的日记》一举成名。我认为，女性文学的独立性首先是从丁玲的这篇小说充分表现出来的。不论丁玲在创作它时的主观意图是怎么样的，但它表现的都是女性对现实世界的感受和理解，它与以男性文化为中心的主流文化是截然不同的。在中国男性文化构成的世界上，苇弟是一个有道德、有真情的男子，他以放弃自我独立性、从属迁就一个女性的方式寻求女性的爱情，他挚爱莎菲，从而也顺从莎菲，但莎菲在其女性的本能上就无法爱上他，她是把他作为一个小弟弟来感受，来接受的。他越是爱她，她越是爱不上他。他缺少女性为之倾倒的男性的刚毅和洒脱。凌吉士刚毅洒脱，具有自己的独立性，不会完全顺从一个女性的支配，不会被爱情所控制，而是他控制着"爱情"。他有更大的余裕思考讨得女性好感的手段和步骤，但这类的男性恰恰不可能爱惜女性的爱，一旦获得，便生厌倦。他带给莎菲的是被抛弃的痛苦。女性的直觉告诉丁玲，这不是莎菲女士一时选择的错误，也不是莎菲女士个人的错误造成的，而是在男性的世界上，一个女性根本不可能找到自己只有幸福、没有痛苦的乐土。这是人性的缺失，世界的矛盾，女性在男性文化中必然具有的失落感。这个矛盾贯穿在小说的自始至终，作者没有给它一种虚幻的解决方式。

丁玲后来参加了革命，体现了30年代企图通过获得男性世界的社会权利而摆脱自我困境的女性知识分子的文化选择，而萧红始终是一个自由主义知识分子，她也没有在现实世界上找到自己的出路和幸福。中国的女性文学还有一个漫长的发展道路，她们走过的只是这个漫长发展道路上必经的一段路程。

（十）一般的社会写实小说

我把像沙汀、吴组缃、萧乾、师陀、王鲁彦、柔石等作家都包括在这类小说家之中。他们既不像沈从文、东北作家群一样表现的是同中国汉文化圈不完全相同的另一种文化圈的人物及其生活，也不像茅盾、废名一样有自己迥然不同的另一种思想的或艺术的追求；既不像老舍一样可以独成一个短篇小说大家，也不像张天翼一样主要从事一种特定小说的创作。但他们的小说创作都有扎实的功底和充实的内涵，表现着中国短篇小说艺术的稳健发展的过程。在政治态度上，他们彼此迥不相同，但在小说创作上，则表现着极其相近的思想艺术追求。

20世纪20年代几乎是中国青年作家独占小说文坛的历史时期，连鲁迅的小说也是在青年文学的价值标准中得到价值评估的。而 30 年代则是中青年作家共存的历史时期。除了上述在 30 年代新产生的小说作家或创作倾向之外，鲁迅、郁达夫、许地山、叶圣陶等 20 年代的小说家在这时仍有不俗的表现。纵观 30 年代的短篇小说创作，我们可以看到，不论在其表现对象上，还是在短篇小说的艺术风格上，都有着极大的开拓和发展。可以说，30 年代是中国现代短篇小说创作的黄金时代。

四

对于中国新文学第三个十年（或曰"40 年代"）的文学，我们现在的感受和理解大概是极不相同的。我认为，20 世纪 40 年代是中国新文学开始呈现出衰败迹象的一个历史时期。20 年代的中国文学像初春的野草，稚弱但有生命力，写的是作家的亲身感受和体验中的东西，题材狭窄但有真情实感，技术简单但无书卷气；30 年代的中国文学，像夏天的草木，虽因炎热有些倦态，但铺地盖天，物种繁多，各种思想倾向和各种艺术风格同时并起。造成这种情况的原因是非常明显的：20 年代是中国文化革命的时期，政治上的军阀混战，经济上的迟滞低迷，使知识分子扮演的是中国文化的主角，这个主角没有扭转乾坤的力量，但有舍我其谁的主人翁的姿态，其作品弹奏的也是中华民族精神的主调。正如鲁迅在谈西方文学的特点的时候说的，即使是颓唐和厌世的，也是活人的颓唐和厌世，没有僵尸气。那是一个没有杰出的政治家、经济家而只产生文化巨人的时代。到了30年代，政治上的龙争虎斗，经济上的一度繁荣，又把政治家、经济家的地位提高了起来，知识分子受到双重的压力而呈现出"草，上之风，必偃"的左摇右摆的状态，但文化阵营仍是中国社会的一个独立的阵营，学院派的胡适、文学界的鲁迅，虽然政治倾向各不相同，但他们各自支撑了中国知识分子的文化大厦，保持了文化阵营的独立性。这是一个杰出的政治家、经济家、文化巨人并峙的时代。但到了40年代，这种三峰并峙的形势有了根本的改变。日本帝国主义的入侵，中国知识分子文化价值观念与整个民族文化的游离状态，把政治和军事的作用推到了中国社会唯一重要的地位，知识分子不论在实际上还是观念上都已不具有自己的独立性。中国不再存在一个独立的文化阵营。即使在他们的自我意识中，不是把文化作为某种政治军事目标的简单附庸，就是把文学创作作为一种个人求生的手段，已经很难像五四新文化的倡导者那样，把文化的目标和当时政治军事的目标区别开来了。它仍然一度呈现出繁荣的局面，但它的繁荣是带有某种病态性质的，各种不同的文学形式也都因这病态而有畸形发展的特征。短篇小说的创作也是这样。

这个时期的文学，被隔离在了三个不同的区域，它们各自有不同的文化环境，因而也有各自不同的特点。这三个区域是：一、沦陷区；二、国统区；三、解放区。我们常说的上海孤岛时期的文学，实际是介于沦陷区和国统区之间的一种文学现象。在上海孤岛上，反战的文学已经失去了国家、社会的强有力支持，不那么时髦，也不那么光荣了。日本帝国主义的文化专制主义魔爪已经伸入，并且在人们心理上构成了强大的压力。我认为，以这三个不同的区域为基础，当时的小说创作可以分为下列三类：一、被遗弃者的短篇小说创作；二、被冷落者的短篇小说创作；三、被借助者的短篇小说创作。

（一）被遗弃者的短篇小说创作

上海孤岛和沦陷区的作家，实际上是被自己的祖国遗弃了的一些知识分子。这部分知识分子除了少数如周作人、张资平等附敌叛国者外，都是亲身承担着中华民族悲剧命运的知识分子。他们对民族命运的感受应是强烈的、具体的，他们比国统区和解放区的知识分子更能直接感受到民族的屈辱和不自由的状况，感受到在外国帝国主义的统治下中国社会各阶层人物的精神状态，感受到中国文化和中国国民性的底色。也就是说，他们的精神视野和生活视野原本是异常广阔的，但在实际上，他们小说的表现视野却是很狭窄的。这有主、客观两个方面的原因。在客观上，日本帝国主义的文化专制主义压制了他们民族主义感情的表现；在主观上，中国的文化没有把大多数中国知识分子造就成有独立不倚精神的强者，他们在群体中所表现出来的病态的热情和夸张了的自信，当脱离开群体的支持时就烟消火灭了。本国政治统治者的专制主义也磨损了他们对不自由的屈辱感受，使他们极容易接受外国帝国主义除直接杀戮之外的精神扼杀。那时的中国，还没有产生拜伦式的、显克维支式的、密茨凯维支式的、舍甫琴科式的文学家的条件。这不能责怪某个作家本人，但这却是一个不争的事实。在这种情况下，20世纪20年代的自我表现，30年代的社会表现，都在日本帝国主义的文化专制主义的淫威下减弱了势头，而趣味性、娱乐性的文学则得到了蓬勃的发展。恰恰是在这个最不自由、最艰难困苦的环境里，大量言情和武侠小说发展起来。一些文学史家很为此骄傲，但我却感到异常的悲哀。一个在和平时期比任何一个民族都严肃的民族，却在帝国主义的屠刀下讲趣味、寻热闹，这不正应验了鲁迅在30年代对论语派的批判吗？我们失败于帝国主义的飞机大炮，却炫耀着中国的枪刀剑戟；我们的民族已经被肢解，我们的作者却想象出了大量悲欢离合的爱情故事。要理解这样一种文学现象，得需要多么灵活的头脑啊！这种倾向也侵入了新文学作家的小说创作。可以说，这个时期的小说创作是以趣味性和传奇性为其主要特征的，幽默成了最常用的艺术手段。这时的趣味性不是健康人脸上的血色，而是病人脸上的红润。它在这时期短篇小说创作的艺术上也不能不留下自己的疤痕。小说是什么？小说是小说作家感受力和想象力的表现。当一个作家压抑了自我最剧烈的病痛而只能叙说自我的小的悲欢的时候，他的作品就不可能不表现出委曲小气、无法自由舒展的自我幽闭特征。

但是，整体的分析不能代替个体的、具体的分析。一切都有例外。我认为，张爱玲的《传奇》就是一个例外。

在这类小说作家的创作中，唯一表现出大气、自由、汪洋恣肆且富有精神力度的是小女子张爱玲的中短篇小说。我认为，在中国现代文学史上，是张爱玲把女性小说艺术推向了最高峰。如果说 20 年代的冰心、庐隐还是混迹于男性作家的自由要求中获得了自我表现的机会的，如果说 30 年代的丁玲、萧红即使在表现着女性的独立意识的时候仍然认为自己属于社会的某个团体、某个倾向，那么到了 40 年代的张爱玲这里，就有了以自己的目光独立地睥睨人类、睥睨中国文化、睥睨现代中国的男男女女的气度。她是女性小说家中的鲁迅，她像鲁迅一样俯视着人类和人类文化，并且悲哀着人类的愚昧，感受着人生的苍凉。但是，鲁迅小说的气度表现的是现代中国知识分子的气度、现代中国文化的气度、现代中华民族精神的气度，他体现着中华民族在面临着西方文化的挑战时不甘堕落、勇于自立的精神，而张爱玲小说的气度表现的则是现代女性的气度，现代女性文化和女性文学的气度。

女权主义者常说，男子在人类的历史上攫取了统治权，把女性置于自己的统治之下。但是，男子在历史上获得这种统治权并不是没有条件的。当男子主动地担负起了保护女性，保护自己的子女，保护自己的家庭部落民族不受外力的压迫、欺凌、蹂躏、杀戮的时候，当他们必须以自己的鲜血和生命承担起人类这个神圣的使命的时候，女性才在同情男性的基础上让出了自己的权利，并把自己的存在价值和意义仅仅放在侍奉男性、抚养子女的人类传承繁衍的任务上。男性是战士，女性才自愿当护士。她得抚慰男性的精神和肉体，替他们包扎伤口，帮他们恢复强毅的精神和体力。但是，中国的男性却在自己的文化中渐渐变得小巧、聪明、自私、狭隘，他们在各种不同的理由下放弃了战士的责任，靠着压制自己的妻女维持着自己对妇女和儿童、对所有弱小者的专制。保护者变成了压迫者，他们不再为保卫家庭、部落、民族而牺牲，但还要女性的抚慰和照顾。民族渐渐弱了，家庭渐渐破了。男性一次次把自己的妻子儿女扔给外族侵略者随便杀戮和蹂躏，日本帝国主义的入侵只不过是这样一个历史的重演。

作为一个现代知识女性的张爱玲，知道中国的历史，了解中国的男性，熟悉在中国这块土地上生活着的人的脾性。她在其深层的文化心理上就不能不失望于中国的男性化的世界，也失望于在这样一个世界上依靠男子的青睐而浑浑噩噩生、浑浑噩噩死的女性。中国的男男女女都在她的意识中失去了自己的崇高性，都只是些耍小心眼、使小聪明、谋小利益的一伙缺少雄性激素的人。她的小说有着女性的像针刺一样尖细的刻画，有着城市淑女流利迅疾的节奏，有着一眼洞穿人的心底世界的女性的敏感。但是她不是那种平常意义上的才女，不是只抒发着自己爱恋之苦、伤悲着个人身世的深闺小姐。她的这一时期的短篇小说充满着人生的苍凉感。她表现的是一个没有英雄气质、没有英雄精神的世界，是把东西方文化都当化妆品往自己脸上抹的一个无聊的族类。她的小说精细但不小巧，有趣味性但无媚态。幽默只是她的小说的外衣，苍凉悲哀才是她的小说的基调。民族的危机加深了张爱玲对中国、对中国文化、对中国的男男女女的失望情绪，在她这里，是顺理成章的。

必须看到，张爱玲的这种心理优势是无法在男性作家身上依样复制的。至少在中国男性文化的观念里，能够承担苦难是女性有力的表现，忍耐是她们战胜苦难的基本手段。任何一个民族也不能要求自己的女性担任保卫民族的重任，不应该让她们轻易牺牲自己的生命而维护自己外部的尊严。她们是一个民族的繁衍者，保护自己就是保护人类和民族的未来。但男性不行。对压力的服从，对屈辱的忍耐，势必把自己的民族、自己民族的妇女和儿童置于无保护的危险境地。他们得有血性，敢于牺牲，有不向任何强权屈服的勇气，有战胜敌人的力量。一个女子，在危机时保护了自己，这是她的成功、她的光荣，而一个男子若在危机中只是有效地保护了自己，却抛弃了自己的妻子或女友，那他就是个屌头，就是个孬种。软弱是男性公民的最大耻辱，一个男性意识到自己的软弱，就是意识到自己的无用，他不再有直视其他人性弱点的勇气。但是，40 年代那些被自己的国家和社会遗弃了的知识分子，在其本能的感觉上就无法摆脱自己的软弱感和无力感。他们的精神是游移的、恍惚的，是没有确定的意识中心的。这几乎表现在那时每一个男性作家的作品中。

在这样一些作家中，除张爱玲之外，最杰出的就是钱锺书了。他是一个学者型的小说家。他有着丰厚的中外文化知识，有着出众的幽默才能，但这一切都没有使他成为较之张爱玲更杰出的小说家。如果说我们能够清晰地感到张爱玲的《金锁记》《倾城之恋》等小说写的是什么的话，但我们却很难确切地感受到钱锺书的《围城》表现的是什么。它的每个部分的描写都很精彩，但这些精彩的部分合起来是什么意思，你却不知道（假若你不是强不知以为知的话）。他的短篇小说表现得略为隐蔽一些，但你仍能感到它们有些虚空，笑得有些不自然。他的小说像一种漂浮物，没有更深的根基，没有精神上的震撼力。在中国现代小说史上，徐訏是一个最会设圈套的作家。他制造悬念，维持悬念，牢牢地抓住自己的读者，维持着你的阅读趣味。但他的小说给你一种故弄玄虚的感觉。圈套设得很好，但一旦解开，感到松而又松，好像上了作者的当，受了作家的愚弄。徐訏小说的这种玄虚感归根到底也是离开了自己的真实的人生感受，为写小说而写小说的缘故。当时与张爱玲齐名的女性作家是苏青，但她们二人是不同的。张爱玲是在向女性文化的高寒处攀登，苏青则是在向世俗的温存处退守。虽然这二者都是现代女性的不同抉择，但到了体现精神风貌的小说创作中，其表现就不同了。张爱玲大气，苏青小气；张爱玲视野开阔，苏青眼光狭小；张爱玲的小说是精神性的，苏青的小说是世俗性的。

（二）被冷落者的短篇小说创作

中国文化是一种特殊的文化，中国知识分子也是一种特殊的知识分子。在古代雅典，"战士"是要贵族和平民来担任的，奴隶没有当兵的资格，因而"战士"在国民的心里有着崇高的位置，直至西方的古典主义时代，参加战争、荣立战功仍然是贵族子弟获得爵位的主要途径。普希金、莱蒙托夫是贵族士官生，列夫·托尔斯泰伯爵参加过塞瓦斯托波尔战役。在第二次世界大战中，西方的许多著名作家都曾走向前线，参加反法西斯侵略的战争。在中国，直至唐代，仍有像岑参、高适、王昌龄这样的知识分子在军队中服役，他们的边塞诗呈现着虎虎有生气的面貌。但孔子是不言兵的，儒家文化占领了教育阵地之后，培养的是一代代与"武人"不同的"文人"。"文人"是做官的，"武人"是打仗的。前者不用卖命也可做官，后者即使能做官，也得先卖命。多数知识分子就不愿走后一条路了，走后一条路的是没有文化的贫家子弟。没有当上官的"兵"的地位就低贱下来。"丘八""大兵"是中国人对战士的蔑称，甚至一个上海的"瘪三"也认为自己比当兵的高贵、光荣。但到了外族入侵的时候，中国的知识分子就不能不称赞兵了，因为没有他们，连自己的生命安全也没有了保证。在西方，一个作家可以自由地反对战争，表现战争的残酷，描写军队内部的矛盾，讽刺军官和兵士的缺点，因为他们自己也是战士，也是随时可以被征入伍的。它不是超越于自己之上的一个特殊阶层，也不是沦落于自己之下的一个低贱的阶层。但对于中国的知识分子，却没有产生这种独立思想要求的心理机制。他们在实际上与在深层心理上都不把知识分子和军人视为两个平等的职业。"文人"和"武人"是两家人，现在"武人"要为国家卖命了，你再看不起他们，说他们的坏话，那就没有理由，也极不明智了。

抗日战争开始之后，中国的知识分子被分成了两个层次。一是已经成名的作家，他们是国家的名人，有了影响力的知识分子。在这时，国家开始重视他们的作用，保护他们，也利用他们，他们既然不是在前线杀敌的将士，又不认为自己平时所从事的文学事业与民族的成败有什么直接的关系，其爱国热情也就只有在与国家的合作中才有表达的机会。赞扬前线将士，鼓吹抗战，号召人民群众为国防出力，也就成了他们文学创作的主要内容。但这更是宣传，而不是文艺。他们这时也有文艺的创作，但其风格与他们30年代的创作没有根本的变化，时代的变化没有带给他们新的艺术创新的契机。新的风格、新的开拓，产生在另一些青年作家的创作中。这些作家，一般没有多大的名声，有的是这个时期才开始小说创作。国家在忙于战争，他们在战争中没有实际的作用，遂被国家和经济所冷落。他们没有代表国家和人民发号召的权利和资格，文艺是他们进行自我表现的唯一有效方式。但是，在20年代，一个青年作家发表了一首诗、一个短篇小说，一旦受到好评，自己的人生道路立即开阔起来。而在这个时期，即使成名，仍然无法摆脱自己困窘的社会地位和经济地位。他们感受到的是无可逃避的孤独，整个世界好像都压在他们的身上，沉重而窒闷。他们较之老作家们有更高涨的爱国热情，但他们却找不到与之相适应的题材。路翎就是他们的杰出代表。

路翎的小说有真情，其中鼓荡着那时中华民族的紧张的、不安的、激越的、焦灼的情绪。但这种时代的情绪却被幽闭在非时代的题材里。他继承了鲁迅解剖国民性的文学传统，但鲁迅是在对中国文化的思考中感受中国的国民性的，而他则是在民族灭亡的危机中感受中华民族的国民性的；鲁迅改造国民性的思想是在历史的发展过程中被设计、被思考的，因而鲁迅也有更从容的心情、更稳健的精神和更阔大的气度，而他的改造国民性的思想则是在现实的空间中被设计、被思考的。他没有鲁迅的从容、稳健和大度。他的小说的情绪是时代的，但他的小说的题材则是非时代的。他把在中国历史发展中起不到关键作用的人物，放到了现实民族危机的情绪压榨机下进行拷问，对人物进行的是精神的严刑拷打，从而与读者的接受心理有着过大的距离。鲁迅写阿Q，同情胜于鞭挞，因为他不把中华民族的衰亡都放在这个小人物的身上，而路翎的《罗大斗的一生》则鞭挞胜于同情，似乎罗大斗的不觉悟就是中华民族危机的根源。而在另一些小说里，他又极力在那些根本不具有达到现代觉醒程度的心理机制的人物身上硬硬地拽出他们的现代觉醒来。这使他的小说显得生硬、勉强，对读者有种压迫感。与路翎有些相近的还有沦陷区作家无名氏，他的小说也以激荡的情绪发泄为其特征。但他也找不到与自己的情绪相应的题材。有时候他用外国的历史题材，但由于他并不真正熟悉外民族的日常文化心理，故而其作品缺少血肉，不够丰满。

　　较之路翎和无名氏小说写得更严谨也更有力度的是东北作

家骆宾基。他似乎有意地回避了历史，回避了具有时代内容的题材，重新回到他的回忆中和日常平凡的生活中，这反而使他更深地切近了现实、切近了历史。在他的短篇小说创作中，你能感受到中华民族现代灾难的根源，也能感受到中华民族艰难地、缓慢地走向自立的精神基础。他的短篇小说名篇《乡亲——康天刚》，我是作为一则寓言来读的。鸦片战争之后，有骨气的中国人，实际都在像康天刚一样寻找着满足自己的欲望、实现自己的理想、改变自己的命运的瑰宝，但在他们的生时，谁也没有找到，谁也不可能找到，因为这样的瑰宝在世界上是不存在的，在西方文化和东方文化中都是没有的，但当他们结束了自己的一生，才从别人的眼睛中看到，他们实际得到了它，因为就在他们一生的艰苦追求中，他们成就了自己的生命，成就了自己的存在。他们没有妥协，没有放弃，没有因贪图安逸而安于贫穷，安于卑贱，安于被侮辱与被损害的地位。这才是中华民族最宝贵的精神，才是中华民族获得新生的根基。这个根基，不是在我们中华民族的外部存在中，而就在我们的生命中，在我们生存和发展的欲望以及由这欲望而发动起来的生命意志中。骆宾基的小说颇得契诃夫小说的神髓，但他的小说比契诃夫的小说更坚硬、更执拗，有种抓住不肯放手的农民气质，但却也不如契诃夫的小说风格多样，舒展自由。他是在抗战的热潮中被冷落了的一个作家，他也无法找到令读者意识到他的作品的时代价值的适当题材。短篇小说短，就需要伸出更多的触须，具有更多的吸盘，随时地、紧紧地黏附在各种不同读者的心灵中。骆宾基没有这样的条件。他不可能把自己的人生思考与当时的人们所普遍关心的抗战斗争题材结合在一起，人们甚至把他的《北望园的春天》当作他小资产阶级思想情绪的表现，这妨害了他的小说的影响力，对他此后的发展也是有决定性的作用的。鲁迅的小说紧紧抓住了时代，就是抓住了当时的读者，从而把自己的小说和自己的思想紧紧地吸附在中华民族的历史上。鲁迅的《狂人日记》在当时和在此后能够完全读懂的人并不多，但由于它紧紧地吸附在中国的历史上，人们不能不一次次地去读它，去感受它，它的思想和艺术魅力在这种不断解读中呈现出来。骆宾基的小说缺少这样一个吸盘。

在20世纪40年代的短篇小说创作中，值得一提的还有张恨水。在此之前，他是一个著名的鸳蝴派小说家。我不把这派小说当作现代小说史的描述对象，因为文学史不是商品博览会，需要把一切商品都展览出来。文学史是叙述文学的发展的，它理应以创造了新的文学范例的作家和作品为主。西班牙文学史不把堂·吉诃德读过的那众多的骑士小说都写到文学史上，而单单把《堂·吉诃德》这一部作品突出出来，就是因为前者是因袭的，后者是创造的。但到了40年代，张恨水的小说创作发生了明显的变化。如果说他此前的作品是在煽动读者的情绪，制造有趣的故事，这时的作品就是他自己情绪的表达了。他的小说越来越多地表现出现代小说的特征，甚至是具有开拓意义的特征。他这时的情绪用我现在的话来说，就是被国家、社会冷落之后产生的愤懑情绪。抗日战争是在中国文化的具体背景上展开的，它像任何战争一样，都不是纯而又纯的东西。其中有庄严的斗争，也有滑稽的做戏；有无畏的牺牲，也有乘机的攫取。达官贵人的骄横恣肆，投机商人的巧取豪夺，在战争中和战争后都变本加厉地加强起来。而文化的价值，知识分子的价值，却在社会上一落千丈。这激怒了张恨水。他这时的短篇小说，有的用了幻想性的情节，表现现实社会的荒诞，在中国现代文学史上不失为一种创新。但他的讽刺仍有些外露，带有传统暴露小说和谴责小说的特征。对于政治家和商人的刻画，也往往过于笼统，表现着他对现代经济和现代政治的隔膜。

（三）被借助者的短篇小说创作

新文学有自己的文化系统，它是在自己的作者、自己的出版者、自己的读者这三个环节中不断周转，并在这不断周转中扩大自己的系统，扩大新文学的影响的。但是，在当时的解放区，这个完整的系统尚没有正式建立起来。从 20 世纪 30 年代开始，由于国民党的文化专制主义，越来越多的新文学作家投奔解放区，扩大了解放区新文学作家的队伍。但是，这个队伍的扩大，却并没有带来新文学读者队伍的相应扩大。五四新文学是在城市知识分子和小部分市民群众中发展的，而这些读者仍然留在了城市中。解放区的社会群众主要是由没有文化、没有基本阅读能力的农民和兵士组成的，他们暂时不是文学的接受者。像几千年间形成的农村文化系统一样，这里有娱乐而没有文学。在城市，出版者是文化商人，是以营利为目的的，他把文学转化为商品，销售到读者之中去。但在解放区，出版者是革命的政权。这个政权是在反对国民党军事镇压和军事围剿的斗争中建立起来的，是在与日本帝国主义侵略军的军事斗争中发展的，它的主要任务是发展解放区的政治军事力量，争取革命的胜利。文学艺术在这样一个斗争中没有更直接、更重要的作用。它也需要有文化的活动，但这个文化的活动是紧密结合政治军事斗争展开的，是为自己的政治军事斗争进行的宣传活动。也就是说，新文学作家，以政治军事宣传为目的的出版者，以娱乐为目的，以农民和士兵为主体的接受者，这三者构不成一个通畅的流通渠道。在这种情况下，新文学作家实际成了一种借用的力量：借用文学的力量进行政治的宣传。这个宣传主要是对农民和士兵的宣传，这决定了解放区短篇小说创作的特点：一、政治性；二、通俗性。它的最杰出的代表是赵树理。赵树理小说的一个基本的构图模式是到农村工作或在农村的干部如何把革命政权对农民的要求宣传到广大贫苦农民之中去。给赵树理小说带来生机的不是他的思想的深刻性，而是他的语言。他的带着农民式幽默的口语化语言，不但在新文学的短篇小说创作中独树一帜，而且丰富了整个新文学的语言库藏。它起到的作用是把农民固有的语言表述习惯和大量语汇纳入新文学的表现方式和新文学语汇中，并丰富了新文学的语汇。但他的小说视野不够广阔，形式不够多样，当创作出《小二黑结婚》等少数短篇名作之后，在艺术上就没有更大的拓展了。形式较为多样，并且直到现在还保持着自己旺盛创作力的是孙犁。孙犁大概是一个很有头脑的作家，他在心里对环境的局限和自我的局限都有一番明白的盘算，他总是利用环境的条件有限地表现自己要表现的东西。他在严酷的战争生活中表现人情美，在粗糙的现实斗争生活中表现细腻的感情生活，把自己喜爱的性格加在革命需要宣扬的人物身上，把迟桂花、春桃的感情写入军人家属和农村妇女干部心中，从而满足了具有两种不同审美观的读者的趣味。但是，不论赵树理的小说，还是孙犁的小说，都没有那个特定时代的历史感。相对于那个严峻的历史时代，赵树理的小说太细、太小了，孙犁的小说太温、太柔了。

综上所述，20世纪40年代各个地区的新文学创作都因战争而呈现出畸形发展的状态，相对于那个严酷的年代，相对于西方的二战文学，我们那时的文学呈现着力度不足的缺点。但是，由于这三个地区的巨大差异，当时的短篇小说创作也具有各自迥然不同的特征。这较之风格彼此相近的20年代的短篇小说创作，从整体看来，到底丰富得多，也成熟得多了。中国的短篇小说创作像整个五四新文学一样，就这样带着它的局限，也带着它的发展，进入了1949年以后的一个全新的时代，进入了一个崭新的文化环境。

1998年9月15日于北京师范大学中文系

王富仁笔下的"作家印象"（代后记）

　　恩师王富仁老师曾自白："假如有人问我，你最看重哪个中国现代作家？我的回答是毫不犹豫的：鲁迅！"的确如此，他几乎把一生的主要精力都献给了鲁迅研究，先后写有不少关于鲁迅研究的论文与专著。王富仁老师以鲁迅研究著称，但他的视野并不局限于鲁迅，关于郭沫若、曹禺、端木蕻良、闻一多等现代作家，他也写有专论。他擅长写长篇论文（单是一篇为别人作的序有的就长达七万字），同时他悼念李何林、薛绥之、单演义等师长的随笔，也别有味道，很耐读。因此，我们在关注他的鲁迅研究的同时，也要重视他对其他现代作家的研究，既要关注他的学术研究，也不能忽略他在散文创作方面的探索。

　　王富仁老师的散文集《蝉声与牛声》收有一组名为"现代作家印象"的专辑，分别写了郭沫若、郁达夫、许地山、闻一多、朱自清、老舍、巴金、林语堂八位作家。后来阅读王老师生前自己编的著译目录，才知这些文章发表在《太原日报》

上。为此，笔者特意去了一趟太原，在山西省图书馆查阅了《太原日报》，才知他自 1993 年 1 月 7 日至 1994 年 11 月 10 日在《太原日报·双塔》副刊上设有"现代作家印象"专栏，涉及的作家除了以上八位，还有蔡元培、陈独秀、胡适、鲁迅、周作人、李大钊、刘半农、钱玄同、成仿吾、张资平、茅盾、叶圣陶、冰心、庐隐、郑振铎、徐志摩、王统照、俞平伯、冯至、李金发、梁实秋、汪静之、林徽因、冯沅君、艾芜等二十五位作家。

在"现代作家印象"专栏里，王富仁老师为每位作家作了素描。他称蔡元培是"中国现代文化的母亲"、鲁迅是"中国现代文化的骨骼"、胡适是"中国现代文化的剪彩人"、钱玄同是"五四新文化运动的扩音器"、郑振铎是"文学界的老黄牛"、庐隐是"新女性生活的探险家"、朱自清"他是一个富有同情心的人"、郭沫若"他一生都是一个青年"、郁达夫"他在精神上是个孩子"、茅盾"企图捉住中国历史发展脉搏"、冰心"她是我们的大姐姐、小母亲"，都给人以耳目一新之感。他给每一位作家的称谓，并不是为了哗众取宠，而是站在现代文化史与文学史的角度，从文化观念、文学观念、成长背景、知识储备等诸多方面，对作家的形象与风格作了本源性的探究。

假如让他在现代作家中任意挑选一位作家作为自己的文学老师，他没有选择鲁迅、郭沫若、茅盾、胡适，理由是：

我不选鲁迅。鲁迅的文章，不是学来的。没有鲁迅的那种气质、那种性格，你千万不要学鲁迅——越学越糟！而假若你真正具有了鲁迅的那种气质、那种性格，你不从鲁迅那里学也会慢慢写出像鲁迅的那种文章来。学鲁迅，不用拜他做老师，看他的文章就行。他的文章比你实际看到的鲁迅更是一个真实的鲁迅，你看到的那个鲁迅未必是一个真的鲁迅。

我也不选郭沫若。郭沫若自己的变化太快，这类人不适于当教师，学生跟着郭沫若学习，会感到无所适从，刚刚理解了他的意思，他自己又变了。

茅盾比鲁迅、郭沫若都好些，但他不细致，我觉得茅盾的作品从整体上看是很伟大的，但没有一篇可以拿来做范文读，他的最著名的《白杨礼赞》也不是精粹的散文，要让他指导学生他会忽略掉好多对于学生来说不应忽略掉的东西。

胡适只能教大学生，并且最好是教属于学术研究而非文学写作一类的课程。

他选择了叶圣陶和朱自清，并非仅仅从写作技巧的指导上说的，而是从整个的思想和人格上说的，他认为无论是叶圣陶还是朱自清，都不是纯学院派的学者、教授，"他们的思想始终有一种前倾力，他们愿意理解青年，理解新的思想潮流，尽管他们自己与青年学生们的思想有所不同，但他们能主动理解他们、包容他们。这样的老师对青年有好处，就是能够为青年提供独立创造、独立追求的机会，不会扼杀新的生机"，"作为一个教师，叶圣陶、朱自清两位先生的思想、道德、人格都是很标准的"。

单是从《我们的好老师——叶圣陶印象》这段对鲁迅、郭沫若、茅盾、胡适诸作家的比较中，我们就能很清晰地感受到他们之间的差异，就能够感受到每个作家的不同特色，当然由此我们也能感受到王富仁老师对鲁迅的偏爱。

王富仁老师并未将这些短文悉数收入他的集子，所以很少有人注意到他还写有这类文字。不过，笔者注意到当代作家成一在《当代作家评论》1994 年第 4 期写有《关于历史》，注意到了"现代作家印象"专栏："我不知道《太原日报》副刊怎么会组到这样好的文章（对我来说，这肯定是我在一九九三年的报刊上读到的最好的文章了）：为王富仁先生开一个名为'现代作家印象'的专栏，大致每周一文，每文专'说'一位'五四'以来比较著名的作家，每'说'都不长，一两千到三四千字。我陆续看了十来篇，可以说是篇篇都'说'得精彩。它之所以是'说'，因为既不同于'论'，也不是'记'，自由挥洒，妙'议'纷呈，特别是'说话人'的风度魅力亦历历可见。"

另外，王富仁老师在《中国现代短篇小说发展的历史轨迹》长文里，还对沈从文、穆时英、施蛰存、张天翼、废名、丁玲、张爱玲、张恨水等作家的小说特色作了精彩解读，他称张爱玲是"女性小说家中的鲁迅，她像鲁迅一样俯视着人类和人类文化，并且悲哀着人类的愚昧，感受着人生的苍凉"，"她的小说精细但不小巧，有趣味性但无媚态"。

王富仁老师在北京师范大学出版社 1996 年 7 月出版的朱金顺老师主编的《中国现代文学史》中撰有鲁迅、老舍、曹禺专章，当然，无论是"现代作家印象"专栏，还是《中国现代短篇小说发展的历史轨迹》，都可看作是他对现代文学史的独特书写。

感谢东方出版中心郑纳新老师、万骏兄和陈明晓编辑的大力支持，使得王富仁老师的"现代作家印象"系列文章得以结集出版。也谢谢陈子善老师和陈思和老师撰写的推荐语。

宫　立

2021 年 12 月 23 日于山东大学知新楼